AF155452

MIRELLA
KENNEL GIACOMINI

Die gesetzte Frau

BAND 2

novum pro

Dieses Buch ist auch als
e-book
erhältlich.

www.novumverlag.com

Bibliografische Information
der Deutschen Nationalbibliothek:

Die Deutsche Nationalbibliothek
verzeichnet diese Publikation in
der Deutschen Nationalbibliografie.
Detaillierte bibliografische Daten
sind im Internet über
http://www.d-nb.de abrufbar.

Gedruckt in der Europäischen Union
auf umweltfreundlichem, chlor- und
säurefrei gebleichtem Papier.

© 2025 novum publishing gmbh
Rathausgasse 73, A-7311 Neckenmarkt
office@novumverlag.com

ISBN 978-3-7116-0300-5
Lektorat: Isabella Busch
Umschlagfoto:
Jozef Klopacka I Dreamstime.com
Umschlaggestaltung, Layout & Satz:
novum Verlag

www.novumverlag.com

Druckprodukt mit finanziellem
Klimabeitrag
ClimatePartner.com/16547-2311-1001

Die Personen und die Handlung des vorliegenden Werkes sowie die darin vorkommenden Namen und Dialoge sind sämtlich erfunden und Ausdruck der künstlerischen Freiheit der Autorin. Jede Ähnlichkeit mit realen Begebenheiten, Personen, Namen und Orten wäre rein zufällig und ist nicht beabsichtigt.

Vorwort

Wir leben mit der treibenden Kraft der Vergangenheit
dem ewigen Heute entgegen.

Mirella Kennel Giacomini, Sardinien

Von dem Tag an, an dem Pina ihre erste schamanische Reise erlebte, fing sie an, nach und nach ihr verlorenes Ich wiederzufinden.

Der Mentor starb kurze Zeit, nachdem Pina ihn besucht hatte, um ihm ihren Dank auszusprechen.

Pina traf in ihrem Leben auf verschiedene Menschen. Schon als kleines Mädchen vertraute Pina (fast) jedem und jeder, der ihr begegnete. Sie ist zwar sehr kritisch, aber doch freundlich allen „lieben Menschen" gegenüber. Doch meint sie zu wissen, dass Sie viele Menschen durch ihre Fassade hindurch erkennt. Durch ihre Erziehung ist sie meistens sehr folgsam und pflegeleicht. Sie mag weder Lügen noch Ungerechtigkeiten. Sie mag Klarheit und Wahrheit. Eigentlich ist es nicht die Erziehung, die dieses Mädchen formte, es ist lediglich ihr Charakter, der sie ausmacht. In jedem Menschen sieht Pina nur das Gute, und das weniger Gute interessiert sie überhaupt nicht. Pina ist nicht dumm, nein, sie ist ab und zu nur ein wenig naiv.

Der Zeitgeist erreicht das Alter. Viele Jahre später gab es auch für Pina Handy, Computer usw.

Pina wurde also langsam erwachsen. Langsam? Pina hat ihre eigenen Regeln. Schon lange, oder schon immer. Es geht nicht ums Älterwerden, nein es geht um die Reife und um das innere Wachstum. Pina lebte schon als kleines Mädchen ihre Spiritualität. Sie spürte einiges mehr oder eben anders, als es die meisten in ihrer Umgebung taten. Für Pina war das einfach normal. Sie konnte einiges, als sie ein kleines Mädchen war, nur noch nicht richtig einordnen. Pina war und ist eben Pina.

Da erinnerte Pina sich an eine Geschichte, als sie mit den Eltern nach Italien in die Sommerferien fuhr. Sie hatten wie immer ein Hotel direkt am Strand gebucht. Es gab einen großen Pool und alles war nagelneu und sauber.

Pinas Wunsch, ein Gummiboot zu bekommen, ging in Erfüllung. Wie hatte sie sich dieses Gummiboot gewünscht. Schon damals manifestierte sie unbewusst solche „Kleinigkeiten". Sie setzte sich irgendwo hin und träumte vor sich hin. Viele Male träumte sie, wie sie in den Ferien mit ihrem orangenen Gummiboot im Meer paddelte. Sie lebte so sehr in ihren Träumen, dass sie jedes Mal wahr wurden. Sie sah und spürte sich in diesem, ihrem Boot auf dem Meer und war so etwas von glücklich. Immer und immer wieder träumte Pina von diesem Boot. Dann passierte es tatsächlich: Ihre Mutter schenkte ihr, bevor sie nach Italien in die Ferien fuhren, ein rotes Gummiboot. Dieses Gummiboot war stabil und hatte Platz für zwei Personen. Die beiden Paddel fehlten ebenfalls nicht. Pina war überglücklich und konnte es kaum erwarten, endlich nach Italien in die Sommerferien zu fahren. Das Gummiboot, zusammengefaltet, kam auch mit. Es war jeden Sommer dasselbe Erlebnis für Pina und ihren Bruder. Nach Italien ans Meer zu fahren war absolut ein Privileg. Sie hatten jedes Mal wunderschöne Familienferien. Irgendwann fuhren sie nicht mehr nach Italien.

Pina freute sich also auf ihre erste Fahrt auf dem Meer mit ihrem Boot. Sie war so aufgeregt. Ihr Vater hatte noch eine automatische Pumpe für sie organisiert. So konnte Pina das Schlauchboot ohne Weiteres allein mit Luft füllen. Immer größer wurde sein Umfang. Endlich. Pina saß in ihrem Boot und das Boot lag tatsächlich sanft auf dem Meer. Jeden Tag paddelte Pina die Küste entlang. Sie durfte nicht weiter, als es die Fahnen anzeigten, die am Ufer im Sand an den Masten hingen (meistens waren die blauen Fahnen oben). Also eine kurze Strecke hin und her. Auch durfte sie nicht hinaus aufs Meer paddeln, das erlaubte die Mutter nicht. Pina durfte auch da nur bis zu den orangenen Kugeln paddeln. Pina gehorchte, es genügte ihr, einfach so auf dem Meer in ihrem

Boot zu gondeln. Sie genoss es, die Paddel rechts und links am Boot eingehakt zu wissen. So konnte Pina in Ruhe vor sich hin dösen und ihren Tagträumen nachgehen.

Eines Tages, Pina paddelte wieder im Meer, und überall waren Menschen, die ebenfalls das Meer genossen. Die einen schwammen hin und her, die anderen spielten Wasserball. Wie auch immer. Pina sah weit draußen, hinter den orangenen Kugeln, dass sich irgendetwas bewegte. Sie konnte nur erkennen, dass etwas aus dem Wasser hochkam und wieder verschwand. Pina paddelte bis an die orangenen Kugeln, um näher an dem Geschehen zu sein. Sie ahnte, dass es ein Mensch sein musste. Ohne zu überlegen, paddelte Pina los. Instinktiv und ohne lange zu überlegen. Ganz schnell und immer weiter von den Kugeln und vom Ufer entfernt. Als sie näher kam, entdeckte sie, dass es ein Junge war. Er hatte fast keine Kraft mehr und konnte nicht mal mehr rufen. Es gab weiter vorne eine kleine Strömung. Dieser Junge, er war etwa sechs Jahre alt, musste dort abgetrieben sein. Pina hielt ihm eines ihrer Paddel hin. Die beiden schauten sich kurz in die Augen und alles war klar. Der Junge klammerte sich sofort an dem Paddel fest. Pina brauchte sehr viel Kraft, doch es gelang ihr, den Jungen zusammen mit ihrem Schlauchboot ans Ufer zu ziehen. Das war so anstrengend, denn sie hatte ja nur ein Paddel zur Verfügung. Am anderen Paddel hing der kleine Junge, den sie jedes Mal mit bewegen musste. Als der Junge im Meer festen Boden unter den Füßen hatte, ließ er das Paddel los und lief erschöpft aus dem Meer ans Ufer. Pina schaute ihm nach, bis er aus dem Wasser war und im Sand stand. Noch einmal trafen sich ihre Blicke. Sie schaute ihm nach, bis er in der Menschenmenge, die sich am Strand sonnte, verschwand. Dieses Erlebnis war für Pina sehr eindrücklich. Erstens, weil sie einfach über die Schranken hinaus aufs Meer gerudert war. Zweitens weil ihr bewusst geworden war, dass dieser Junge ertrunken wäre, wenn sie diese Schranken aus dem Instinkt heraus nicht überschritten hätte. Nie erzählte

Pina irgendjemandem von diesem Erlebnis. Ab und an fragte sie sich, ob sich dieser Junge dessen bewusst war, dass er von ihr gerettet wurde. Pina erfüllte ein großes Glücksgefühl und große Dankbarkeit ob ihrer inneren Führung. Sie war dankbar, dass sie schon früh diese innere Stimme wahrnehmen konnte. Sie horchte einfach gut in sich hinein und folgte ihrem inneren Kompass. Auch dann, wenn es von ihrer Umgebung nur ein Kopfschütteln als Anerkennung dafür gab. Pina bekam dann zu spüren, dass sie wieder einmal etwas machte, das auf Unverständnis der Umgebung stieß.

Pina erinnerte sich aber auch daran, als sie das erste Mal in einem Mädchenlager war. Sie hatte sich sehr darauf gefreut. Es ging ins Wallis, in ein ganz kleines Bergdörfchen. Mit einem großen Auto wurden die Mädchen in dieses Bergdörfchen gefahren. In dem alten Holzhaus durften die Mädchen im großen Schlafsaal ihre Schlafsäcke ausbreiten.

Auch Pina richtete ihren Schlafplatz neben ihren Freundinnen ein. Die Mädchen erkundeten die Umgebung und bekamen eine Brotzeit mit auf den Weg. Pina spürte, dass irgendetwas nicht stimmte. Die Stimmung unter den Mädchen war eigenartig. Irgendwie fühlte Pina, dass sie nicht dazugehörte. Sie meinte es zumindest oder sie empfand das so. Wie es schon so oft gewesen war. Manchmal war es berechtigt, manchmal war es eben nur das unangenehme Gefühl, das Pina hatte. Es gab ein Mädchen im Lager, das den Ton angab. Dieses Mädchen war eine verwöhnte Göre, die von den Eltern alles bekam. Sie durfte sich einfach alles erlauben. Dieses Mädchen hetzte die gesamte Mädchentruppe gegen Pina auf. Sie erinnerte sich noch, dass ein Mädchen ihr den Tipp gab, in den Schlafsaal zu gehen. Ein Mädchen, das es gut mit Pina meinte. Pina ging am späteren Nachmittag ganz allein in diesen Schlafsaal. Alle anderen waren mit irgendetwas beschäftigt. Sie entdeckte, warum sie diesen Tipp bekommen hatte. Ihr Schlafsack, den sie neben ihrer besten

Schulfreundin platziert hatte, war nicht mehr da. Das freche Mädchen hatte alles umplatziert und Pinas Schlafsack lag in einer Ecke. Pina hatte keinen Platz mehr auf irgendeiner Matratze, die auf dem Boden aneinandergereiht lagen, um ihren Schlafsack zu deponieren. Sie fackelte nicht lange und räumte alles wieder an den Platz, so wie es sich die Mädchen ausgesucht hatten. Für Pina war das nicht einfach. Doch sie musste es für sich tun. Ihr Herz weinte. Sie hatte doch diesem Mädchen nichts getan. In diesem Lager geschahen noch einige andere Gemeinheiten dieser Art. Pina aber vertraute ihrer inneren Stimme und handelte danach. So hatte sie trotz allem eine schöne Zeit im Lager und das Mädchen konnte machen, was es wollte. Es erreichte Pina nicht. Pina hatte einfach diese Gabe, sich zu schützen. Schon damals kannte sie ihren Lichterschutz. Sie dachte sich dieses helle, schöne Licht heran und zauberte in Gedanken einen Lichterkreis um sich herum. Das war Pinas Schutz. Keine Gemeinheit konnte Pina dann erreichen. Alles Negative prallte an diesem Lichtschutz ab. Nicht immer gelang ihr das, aber meistens.

Die Betreuerinnen organisierten eine Lagerolympiade für die Mädchen. Pina und die freche Göre hatten am Ende gleich viele Punkte erreicht. Eine von den beiden konnte also die Siegerin sein. So wurde den beiden Mädchen eine Augenbinde aufgesetzt und sie mussten den Wert eines Geldstückes erraten. Jede der beiden bekam eine Münze in die Hand. Sie mussten dieses Geldstück blindlings erraten. Es war ein Fünfzigrappenstück. Pina tastete mit den Händen dieses Geldstück ab, ebenfalls die freche Göre. Pina war sehr verunsichert und sagte, es sei ein Zwanzigrappenstück. Das war falsch. So gewann die freche Göre, die richtig geraten hatte, die Olympiade. Pina wurde Zweite. Die Medaille, die die Betreuerinnen aus Karton, Schnur und Farbe gebastelt hatten, freute Pina trotzdem, auch wenn sie nur den zweiten Platz erreichte, mit derselben Punktzahl wie die Erstplatzierte. Sie mochte den Sieg diesem Mädchen gönnen. Alle aber feierten

Pina. In diesem Moment wusste Pina, dass das freche Mädchen eigentlich verloren hatte. Es fiel allen auf, dass sie Pina schikanierte. Pina war gerührt. Innerlich dankte sie ihrem höheren Selbst, ihrem Schutzengel, ihrem lieben Gott, was auch immer es war. Sie wusste einfach, dass sie von irgendwoher beschützt war. Dass etwas Gutes zu ihr schaute. Die Dankbarkeit, die Pina immer wieder an den Tag legte, war schon immer ein ständiger Begleiter von ihr gewesen. Sie mochte es, dankbar zu sein. Am Morgen, wenn sie erwachte, dankte sie dem Universum für all das, was war, all das, was der Tag ihr an Gutem bringen würde. Am Abend, bevor sie einschlief, ging ihr Dank ebenfalls ans Universum.

Heirat

Nach all den langen, intensiven Jugendjahren traf Pina den zukünftigen Vater ihrer Kinder. Ja, sie hatte schon wieder für alle anderen geschaut. Sie wusste, für ihre zukünftigen Kinder gäbe es keinen besseren Vater als Rove. Das machte Pina ihr Leben lang so. Sie ging mit dem Leben mit. Wenn es um Entscheidungen ging, horchte sie in sich hinein und wählte den gesetzten Weg. Sie ließ sich führen. Das war nicht immer der leichteste Weg, aber ein Weg, der sehr authentisch war. Es sollte so allen gut gehen. Ihr ging es auch gut. Also, was gab es da dagegen zu entscheiden? Nichts.

Sie wusste nicht, wer er war. Sie kannte ihn vom Ausgang her. Dort, wo sich eben alle trafen, die sich damals in denselben Kreisen bewegten. Ein solch lieber Mensch. Pina war wirklich verliebt. Rove war sehr höflich, wohlerzogen und bestimmt. Rein, faktisch, nüchtern gesehen. Das war der spätere Heiratsantrag, den Rove Pina nach drei Jahren Freundschaft machte. Sehr romantisch war das nicht. Doch für Pina waren diese drei Worte ... rein faktisch und nüchtern ... ihre Zukunft. Viele Jahre lang.

Ja, ihre Zukunft war rein, faktisch und nüchtern. Punkt. Da gab es keine Einwände.

Die gesetzte Frau

Die gesetzte Frau nahm ihren Platz dankbar an und fügte sich dem Leben.

Doch Pina fing an zu träumen. So wie es im Märchen eben sein sollte und Pina mittendrin.

Eine Prinzessin wird zur Königin, zur Heldin, zur Liebsten von allen und ihrem Gemahl. Nichts und niemand hätte je nur eine einzige Sekunde Platz gehabt zwischen ihr und Rove. Die Liebesgeschichte des Lebens: Rove und Pina. Nach drei Jahren Freundschaft rang sich Rove endlich durch und machte Pina einen wunderschönen Heiratsantrag. Rove ging mit Pina an einen wunderschönen Ort. Er hatte alles nur für Pina vorbereitet und organisiert. Pina sollte das Beste vom Besten bekommen. Es war Roves größte und einzige, wahrhaftige Liebe. Eine ehrliche, wunderschöne Liebe. Rove trug Pina vom ersten Tag an auf Händen. Er las ihr jeden Wunsch von den Augen ab. Es war ein sonniger Tag und frühmorgens fuhr Rove mit Pina an einen neuen Ort. Pina war zuvor noch nie dort gewesen. Rove kannte diese idyllische Gegend in der Schweiz. Es gab einen Brunch. Rove wusste ja, dass Pina allzu gerne brunchen würde. Zu dieser Zeit liebte Pina ein Morgenessen ab 11 Uhr zusammen mit dem Mittagessen. So um 11 Uhr eintreffen, dann gemütliches Zusammensein mit all den liebsten Menschen. Es gab zu essen und für die Getränke war auch gesorgt. Einfach ein toller Brunch. Man kam ausgeschlafen dorthin und konnte essen, trinken und sich mit all seinen Liebsten unterhalten bis zum späten Nachmittag.

Dann gingen alle wieder auseinander und waren glücklich. Was gäbe es Schöneres, als zu brunchen? Es war damals Pinas Lieblingsbeschäftigung, nebst vielen anderen Lieblingsbeschäftigungen.

Rove ließ also alles vorbereiten. Überall wunderschöne Blumen, gedeckte Tische und schon waren die Gäste da. Alle, die Pina nahestanden, kamen an diesem Morgen zum Brunch auf diesen Bauernhof. Es spielte sogar eine Band im Hintergrund, die Rove engagiert hatte. Pina wusste nicht, was noch alles kommen würde an diesem Tag. Dann plötzlich klopfte Rove mit einer Gabel an sein Glas und forderte die Leute auf, still zu sein. Rove bat um die Hand von Pina an. Pina war sehr überrascht und auch verlegen. Vor all diesen Leuten nahm sie diesen Heiratsantrag an. Sie konnte nicht sagen, dass sie es sich noch einmal überlegen wollte. Nein, das tat Pina nicht. Sie war nie diejenige, die Menschen in negative Situationen brachte. Alle klatschten und gratulierten den beiden. Es war ein wunderschöner Tag. Die Sonne schien und die Gesellschaft feierte ausgelassen diesen schönen Augenblick. Alle waren glücklich und zufrieden. Denn die ganze Gesellschaft war sich einig, dass diese beiden zusammengehörten. Die Überraschung war also gelungen.

Auch das darauffolgende Hochzeitsfest war grandios.

Dann dauerte es auch nicht mehr lange, bis die Kinder kamen, sie hatten insgesamt fünf. Vier Jungs und ein Mädchen. Es war eine schöne Zeit. Rove tat alles, damit es der Familie gut ging. Er verdiente mit seiner Computerfirma, die er zu Hause in seinem großen Haus eingerichtet hatte, sehr viel Geld. Rove arbeitete auch viel. Da die Firma im Hause war, konnte er Pina mit den Kindern und im Haushalt unterstützen. Die Familie war eine Bilderbuchfamilie.

Nach vielen Jahren gab es keinen Brunch mehr. Pina ließ diese Angewohnheit fallen, wie so vieles in ihrem Leben. Pina und Rove verbrachten viele wunderschöne gemeinsame Jahre mit ihren fünf Kindern. Doch Roves Krankheit überschattete das ganze Familienleben. Am Schluss lag Rove nur noch im Bett, an Schläuchen und eine Sauerstoffflasche gefesselt. Er war einfach müde. All seine Liebsten waren immer um ihn herum. Sie pflegten Rove zu Hause. Die fünf Kinder waren schon lange erwachsen und Pina wich keine Sekunde von Roves Seite. Als dann der Abschied nahte, waren alle zusammen. Rove war bis zum Schluss ganz klar im Hier und Jetzt.

Als er den letzten Atemzug machte, schlug er nochmals kurz die Augen auf. Pina und Rove sahen sich ein letztes Mal tief in die Augen.

Das Geschäft, das Rove aufgebaut hatte, führte Pina nun allein weiter. Sie ging zu Sitzungen, führte alle Mitarbeiter durch schwere Zeiten und arbeitete den ganzen Tag. Frühmorgens stand sie auf und erst nach Mitternacht ging sie ins Bett.

Sie nahm an vielen Aktivitäten im kleinen Dorf teil. Überall, wo man Hilfe brauchte, war Pina zur Stelle. Pina war nie einsam. Doch Pina war eine Frau, die gerne in einer lebendigen Beziehung leben würde.

So lernte sie in einem kleinen netten Café ihren jetzigen Mann kennen.

Sie ging in die Stadt einkaufen und wollte in ihr geliebtes kleines Café gehen. Dort fand sie immer alle interessanten Zeitschriften und Zeitungen. Sie bestellte sich einen feinen Latte Macchiato und saß meistens am selben Platz. Dieses Mal waren fast alle Stühle besetzt, bis auf einen. Der war noch frei. Es saßen ein Mann und zwei Jugendliche an diesem Tisch. Einer der Jugendlichen rief Pina zu, sie könne sich hier hinsetzen, was Pina dann auch tat. Die Jugendlichen verabschiedeten sich nach einer Weile. Offensichtlich gehörten sie nicht zu dem Mann, der ebenfalls an diesem Tisch saß. Der Fremde und Pina kamen ins Gespräch und verstanden sich auf Anhieb. Sie saßen etwa drei Stunden in diesem Café. Der fremde Mann, der Pina nicht mehr fremd vorkam, gab ihr eine Karte für eine Ausstellung. Sie solle doch am 2. September abends um 19 Uhr dorthin kommen. Es gäbe viele Leute, Musik, Essen und eine Ansprache vom Stadtpräsidenten. Die Zeit im Café verflog. Sie standen auf und gingen nach draußen, um sich zu verabschieden. Pina ging links, der Mann ging rechts, bevor sie sich höflich Adieu sagten. Bis vor

Kurzem hatten beide nichts voneinander gewusst. Pina war aber klar, dass diese Begegnung mit diesem Menschen nicht die letzte war. Was sie nicht wusste, dass sie sich drei Jahre lang nicht mehr sehen würden.

Pina ging am 2. September nicht zu dieser Ausstellung. Nein. Pina ging unter der Woche ganz allein dorthin. Niemand außer dem Galeristen war anwesend. Sie sah sich um. Sie sah viele interessante Bilder. Bilder in allen Farben. Bilder in allen Variationen. Eigenartige Bilder. Wunderschöne Bilder. Es war einfach alles vorhanden. Sie dachte, es müssten mindestens fünf Künstler sein, die da ausstellten.

Der Galerist kam zu Pina und bot ihr etwas zu trinken an. Pina lehnte dankend ab. Der Galerist gab ihr zu verstehen, dass diese Ausstellung von einem einzigen Künstler und dieser in Amerika eine berühmte Persönlichkeit wäre. Eigentlich weltweit berühmt. Pina kannte sich mit Kunst aus. Sie hatte, als sie jung war, in einer bekannten Galerie gearbeitet. Dort wurden verschiedene Kunstwerke immer wieder ausgestellt. Sie war erstaunt, schaute nochmals auf ihre Karte und las den Namen. Tatsächlich, das war der bekannte Künstler, den sie aus den Medien kannte. Jedes der Bilder begutachtete Pina ganz genau. Ihr gefiel diese Vielfältigkeit. Sie ließ sich Zeit, um all diese wunderschönen Kunstwerke zu begutachten. Jedes dieser Bilder erzählte ihr eine Geschichte, gab einen Satz von sich oder schrie in den Raum. Einfach genial. Nachdem etliche Zeit verstrichen war, verabschiedete sich Pina von dem Galeristen und ging nach Hause. Sie wäre schon gerne zu der Vernissage gegangen. Doch sie kannte niemanden dort und wusste auch nicht, wer alles anwesend sein würde. Sie wollte auch nicht aufdringlich sein. Also blieb sie an diesem Abend zu Hause. Anfänglich ging sie noch ein paar Mal um dieselbe Zeit in dieses Café – in der Annahme, dass dieser Mann auch da sein würde. Doch das war leider nie der Fall. Zuerst hoffte Pina auf ein Zeichen von ihm. Aber es kam nichts. Pina entschloss sich, diesen Mann zu vergessen, was ihr auch gelang. Für Pina war diese Begegnung sehr magisch und speziell. Noch nie war sie mit einem solchen Gefühl konfrontiert worden. Es war so, als ob ein ganzes Chemielabor verrücktspielen würde. Doch mit der Zeit kam wieder Ordnung in dieses Durcheinander.

Pina hatte sich ihr Leben schön eingerichtet. Es ging ihr gut und sie war glücklich. Sie hatte sich nach Roves Tod keine Gedanken gemacht, wieder eine Beziehung einzugehen. Ihr Leben gefiel ihr und es wurde ihr auch nie langweilig. In der Zwischenzeit hatte sie sieben Enkelkinder. Da gab es natürlich keine freie Zeit. All diese Kinder liebten es, die Geschichten von Pina zu hören. Sie wusste so viel Interessantes zu erzählen. Die lustigen Geschichten erfand Pina meistens für die Kleineren. Auch lernten die Enkelkinder viele andere Sachen von ihrer lieben Großmutter. Es vergingen drei Jahre nach der Begegnung mit diesem Mann im Café.

Pina saß zu Hause am Küchentisch und las in einem Buch, als ihr Handy klingelte. Pina mochte nicht rangehen, da sie die Nummer nicht kannte. Am Abend sah Pina, dass sie eine Nachricht auf ihrer Mailbox hatte. „Hallo, wäre schön, wenn wir uns auf einen Kaffee treffen könnten, rufen Sie mich doch bitte zurück.“ Pina erkannte diese Stimme sofort. Es war dieser Mann, den Sie vor ungefähr drei Jahren im Café getroffen hatte. Sie wusste nicht recht, was sie denken sollte. Sie hatte sich gerade in ihrem Leben eingerichtet und wollte keine Beziehung mehr eingehen. Was sollte dieser Anruf? Der Mann verschwand einfach und tauchte plötzlich wie aus dem Nichts heraus wieder auf. Pina brauchte tatsächlich vier Wochen, bis sie sich sagte, dass sie ja einen Kaffee trinken gehen könnte. Das schadete nichts. So rief Pina diesen Mann nach vier Wochen zurück und die beiden verabredeten sich im Café von damals. Von diesem Moment an waren Bob und Pina unzertrennlich. Drei Jahre hatten die beiden sich nicht mehr gesehen. Bob war so lange im Ausland gewesen. Er hatte überall auf der Welt Ausstellungen. Seine Bilder und Kunstwerke waren von großem Wert. Eine Galerie in London, eine in Wien, eine in Toronto und eine in New York gehörten ihm selbst. Bob war ein Israeli. Er lebte auf der ganzen Welt und war nie irgendwo richtig zu Hause, bis er Pina traf. Bob hatte keine Kinder und war auch nie verheiratet. Von da an gestalteten die beiden ihr gemeinsames Leben. Pina war eine passionierte Designerin. Sie schneiderte maßgefertigte Kleider für renommierte Menschen. Beide arbeiteten sehr viel. Doch die Arbeit war ihr Hobby und sie verdienten mit ihren Hobbys eine Menge Geld. Pina wäre nicht Pina, wenn sie von diesem Einkommen nicht etwas abgegeben hätte. Pina kaufte sich Land und richtete ein Heim für herrenlose und abgeschobene Tiere ein. Viel Geld floss in dieses Projekt. Pina war ausgefüllt und zufrieden mit ihrem Leben.

Bob reiste durch die Welt und verkaufte seine Kunstwerke.

Irgendwann wollte Bob nicht mehr allein durch die Welt reisen. Er wollte sich zusammen mit Pina irgendwo ein Zuhause erschaffen.

Jeder Stern leuchtet an seinem Platz

Pina wurde in der Schweiz geboren. Da ihre Eltern Schweizer waren, bekam sie die Schweizer Staatsbürgerschaft. Ihre Großeltern stammten aus Norditalien. So hätte sie auch Anspruch auf einen italienischen Pass gehabt. Doch Pina interessierten diese Formalitäten lange Zeit nicht. Sie wusste nach langer Zeit, wer sie war und woher sie kam. Ihre einfache Erklärung, die sie für sich selber immer wieder als Stütze nahm, war, dass alle Menschen vom selben Ort herkamen und alle Menschen wieder an denselben Ort zurückkehren werden. Sprich Geburt und Tod. Es gab für Pina definitiv keinen Unterschied. Klar, der eine lebt in Saus und Braus, der andere unter der Brücke.

Doch letztendlich sind es alles Menschen. Alle miteinander verbunden und mit einer Mission, die sie zu erfüllen haben. Die Menschen haben dieses eine Leben hier auf der Erde. So viele Möglichkeiten, so viel Potenzial in jedem Einzelnen. Pina ist der Ansicht, dass es kein Zufall ist, dass die Menschen hier auf dieser Erde sind. Es gibt einen Plan. Es ist alles gesetzt. Es ist kein Zufall, dass Pina Pina ist.

Italienischer Pass

Es dauerte sehr lange, bis Pina ihren italienischen Pass endlich in den Händen hielt. Pinas Urgroßeltern kamen vor langer Zeit aus Norditalien in die Schweiz. Pina hatte immer den Schweizer Pass, sprach auch kein Italienisch. Auch hatte sie keine Verwandten in Italien. Bob hatte Pina dazu ermuntert, diesen Pass zu beantragen. Eventuell könnten sie diesen brauchen, wenn sie wirklich mal nach Sardinien ziehen würden. Das kam ab und an zur Sprache.

Pina war etliche Male im Italienischen Konsulat. Ihren Freund Bob haben sie nicht hineingelassen. Er hatte dort nichts zu suchen. Gott sei Dank. Er hätte sonst irgendwann diesen Herrn Generalkonsul am Kragen gepackt und wie er immer so schön sagte in den Fluss geworfen. Hier in der Stadt wäre das ebenfalls ein Fluss gewesen. Der Herr Generalkonsul, der Capo, war sehr, sehr italienisch. Jemand sagte noch zu Pina, dass sie in diesem Konsulat Geduld brauchen würde. Da dort alles verwöhnte Herrensöhnchen sitzen würden, die dort eine Arbeit bekamen, weil die Eltern gut situiert waren. Tja, da lernte sie wirklich, wie die Italiener ticken. Sie kam auf keinen grünen Zweig. Der Herr Generalkonsul fragte sie einmal, warum Sie denn erst mit über 50 Jahren diesen Pass haben wollte. Warum erst jetzt. Das fragte er so etwas von abschätzend, dass Pina nicht in der Lage war, auf ihn wütend zu werden, weil es ihn doch tatsächlich nichts anging. Sie war einfach perplex ob dieser hochnäsigen Frechheit von diesem Mann. Er wollte partout nicht den Pass herausrücken. Immer wieder fehlte ein Dokument, dann stimmte der Name vom Schweizer Pass mit den italienischen Formularen nicht überein. Im Schweizer Pass habe sie einen zweiten Namen, der ein Y enthält. Das Y findet man bei keinem Namen in Italien, sagte er. Ob das stimmte oder nicht, wusste Pina nicht. Das Y sollte ein I sein. Also sei das Ganze wegen dieses Y ungültig. Das geht bei den Italienern gar nicht, dass man in der Schweiz das Y schreibt und in Italien nur das I. Y gibt es nicht. Das sind zwei verschiedene Namen, also auch zwei verschiede Personen. Tatsächlich folgte Pina am Ende dem Rat des Herrn Generalkonsul, dass sie eine Namensänderung beantragen sollte. Was sie dann auch tat. Sie hatte also nur noch einen Vornamen und somit das Y im Schweizer Pass los. Als sie mit dieser guten Nachricht beim Generalkonsul im Konsulat eintraf, sagte er: „Was haben Sie denn da für ein Durcheinander gemacht?" Natürlich auf Italienisch. Nun hatte Pina in der Schweiz einen Vornamen und keinen zweiten Namen mehr, der mit einem Y im Pass stand. Aber in Italien einen Vornamen und einen zweiten Namen mit einem I. Also stimmte das Ganze wieder nicht. Pina hätte aus lauter Verzweiflung fast laut losgeheult, konnte sich aber noch rechtzeitig zusammennehmen. Sie gab alles für diesen Pass. Zeit, Nerven, Geduld, Anstand, Entgegenkommen, Ruhe, Ausdauer, Verständnis, Akzeptanz und vor allem ihren starken Willen und ihr Durchhaltevermögen. Im Nachhinein weiß sie, dass der Herr Konsul wirklich wissen wollte, ob sie eine „echte" Italienerin sein wollte. Viele, die wie Pina einen Schweizer Pass besitzen und einen zweiten anfordern möchten, geben nach kurzer Zeit schon auf. Sie sagen sich, ich habe ja den Schweizer Pass, wenn diese Bürokraten so blöde tun, dann können die mich mal. Aber Pina hatte Geduld. Einmal ließ der Generalkonsul sogar seine Bodyguards wegen ihr holen. Sie sagte ihm, als er nach etlichen Malen sich wieder querstellte, dass sie seinen Chef sprechen wollte, das hatte ihm gar nicht gefallen. Die Italiener sind alle Capos. Wehe, jemand wagt das anzufechten, was einer sagt. Da kamen plötzlich zwei Frauen (eben diese zwei Bodyguards), eine im Minirock und tiefen Ausschnitt,, die andere im zweiteiligen Kostüm, und platzierten sich rechts und links neben ihr. Pina wollte mit einem

Freund, der Anwalt ist, telefonieren. Der sprach fließend Italienisch. Da nahm die mit dem kurzen Rock Pina das Handy aus der Hand und wiederum erntete sie böse Blicke und harte Worte, die sie nicht verstand. Das Beste an der ganzen Geschichte war, dass Pina beim ersten Mal ihrer Anwesenheit erklärt bekam, dass hier niemand Deutsch spreche. Also musste sie sich alles auf Italienisch anhören, obwohl sie diese Sprache leider noch nicht sprechen und verstehen konnte. Als es mit dem Pass immer noch nicht funktionieren wollte, gingen Pinas Freund und Pina nach Norditalien, in den Geburtsort ihres Großvaters. Sie dachten, dass sie dort zu dem Pass kommen könnten. Aber da hatten sie sich leider geirrt. Pina war aber das erste Mal in ihrem Leben an dem Ort ihrer ursprünglichen Wurzeln.

Ein kleines Bergdorf in Norditalien. Sie sah sogar das alte Steinhaus, in dem einst ihre Vorfahren wohnten. Es erinnerte sie an die Schweiz. Irgendwo auf einer Alm. Alles war grün und das Klima heimisch. In der Gemeinde suchten sie nach Pinas Papiere. Nach langem Suchen und einigen Telefonaten in die Schweiz erfuhr sie, dass ihr Vater sie nach ihrer Geburt nicht in Italien angemeldet hatte. Wahrscheinlich hatte ihre Mutter das nicht als wichtig erachtet. Er tat das dann trotzdem noch, aber erst ein Jahr später. So suchten sie Pinas Papiere auf dem Konsulat und auch in Italien unter dem falschen Jahrgang und fanden keinen Eintrag.

Wahrscheinlich nahmen die auf der Commune an, dass dieses kleine Mädchen eben erst geboren wurde. So bekam Pina ein Jahr geschenkt und sie war mit dem italienischen Eintrag ein Jahr jünger. Darum waren Pinas Eintragungen unter ihrem richtigen Jahrgang nicht auffindbar. So konnte der Anwalt aus der Schweiz nach einem langen Telefonat mit der Sekretärin des Amtes per Zufall diesen Fehler aufdecken. Damit konnten sie endlich alles richtigstellen und Pinas Eintrag von damals finden und korrigieren. Also war die Fahrt nach Norditalien so oder so nicht umsonst gewesen.

Dann ging es noch einige Male in der Schweiz ins Konsulat. Es wurde alles korrekt eingetragen und Pina wurde wieder um ein Jahr älter und mit ihrem richtigen Jahrgang eingetragen. Viel Ärger, Zeit und Nerven hätten sich Pina und ihr Freund sparen können. Doch zum Glück fand die nette Italienerin auf der Commune zusammen mit dem Anwalt diesen Fehler. Irgendwann erbarmte sich der Herr Generalkonsul und strich auch in Italien ihren zweiten Namen. Einfach so. Ohne Anforderungen, ohne Vorwarnung. Einfach weil er der ist, der er eben ist. Pina erhielt nach langem Hin und Her und vielen angeforderten Dokumenten, es dauerte sicher mehr als zwei Jahre, ihren italienischen Pass. Plötzlich ging alles ganz schnell. Pina war endlich stolze Norditalienerin, die die Sprache in Worten (noch) nicht sprach. Die Sprache in ihrem Herzen sprach schon sehr lange Italienisch.

Als sie nach ein paar Monaten noch die italienische ID anfordern wollte, ging sie wieder mal in die Stadt zum Konsulat. Wie üblich stand der Türsteher vor dem Eingang und kontrollierte die Taschen und die Menschen. Dann ging sie die Treppe zum Schalter hoch, wo man die Nummern ziehen musste, um weiterzukommen. Dort sprach sie einen Mann auf Italienisch an, von dem sie annahm, dass er sie fragen würde, was sie wolle. Sie holte ihren italienischen Pass hervor und versuchte ihre italienischen Worte, die sie kurz zuvor von ihrem Übersetzer auswendig gelernt hatte, vorzubringen. Dieser nette Mann sagte daraufhin ganz trocken und locker auf Schwyzerdütsch: „Bei uns hier im Konsulat sprechen alle auch Deutsch." Pina war fast erstarrt vor Schreck. Tatsächlich schmunzelte er, Pina hatte begriffen, dass sie dieses Spiel mit der Sprache höchstwahrscheinlich bewusst spielen. Solange sie „nur" den Schweizer Pass habe, wird Italienisch gesprochen. Jetzt, wo sie sich durchgekämpft hatte, wurde sie belohnt, indem sie mit ihr Deutsch sprachen. Eben wie in Italien. Das soll mal einer verstehen.

Nun hatte Pina zwei Pässe. Einen Schweizer und einen italienischen Pass. La Straniera wurde ein zweites Mal zur Ausländerin. Hin- und hergerissen mit ihrer Identität, wusste Pina nicht mehr, wohin sie gehörte. Fuhr sie mal über eine Grenze, überlegte sie immer, welchen Pass sie nun zeigen wollte oder sollte. Der Schweizer Pass war bekanntlich überall ein Schlüssel für viele Gegebenheiten. Der italienische Pass beinhaltete auch alle Annehmlichkeiten der EU. Ja, so war es halt eigentlich ein Privileg, als Schweizerin auch einen italienischen Pass zu besitzen. Oder als Italienerin einen Schweizer Pass zu haben. Doch für Pina waren diese Formalitäten zu diesem Moment nicht so wichtig. Sie war es ja, die nicht zu hundert Prozent als Schweizerin in der Schweiz angesehen wurde. Allein schon wegen ihres dunklen Teints. Und sie war es ja, die später in Italien die Sprache nicht verstand und wieder zur Exotin der Italiener wurde. Aha, die la Straniera, die Ausländerin. Die spricht kein Italienisch. Dann war die anfängliche Euphorie der Italiener auch schon vorbei, und sie wandten sich von Pina ab. Sie versteht doch nichts. Sie war nicht zu hundert Prozent eine von ihnen. La Straniera. Pina war ihr Leben lang la Straniera. Doch Pina wusste tief im Innern ganz genau, wer sie war. Sie war einfach Pina. Nicht Schweizerin, nicht Italienerin. Nein, sie war sie. Sie war so unglaublich viel mehr als all diese Formalitäten. Pina hatte ihre Gabe schon lange erkannt. Von überall her kamen Leute zu Pina. Sie konnte diesen Menschen in verschiedenen Situationen weiterhelfen. Es war Ihre Erfüllung, Menschen zu unterstützen.

Pina, die gesetzte Frau. Es war einfach klar.

Pina war Pina, die ihrem inneren Kompass folgte, ob es angenehm oder unangenehm war.

Ihr innerer Kompass führte sie immer in die richtige Richtung. Ihre Standhaftigkeit und ihr unbändiger Überlebensdrang zusammen mit ihrem Willen waren schon bemerkenswert.

Frankreich

Bob und Pina waren schon einige Jahre zusammen, bis sie nach Frankreich fuhren.

Périgueux, das kleine Städtchen, erreichten sie im Dezember nach einer sehr langen Autofahrt.

Bob wollte immer schon nach Frankreich auswandern. Er sprach immer wieder davon. Pina war sehr gerne in der Schweiz. Sie lebte gut und war zufrieden. Nie spielte sie mit dem Gedanken wegzuziehen. Als sie jung war, ja, da hatte sie sich zum Ziel gemacht, in die Entwicklungshilfe zu gehen. Sie war auch drauf und dran, bis sie dann den Faden dazu verlor und einen anderen Weg einschlug.

Sie sahen sich in Périgueux einige Objekte an. Bob wollte schon immer nach Frankreich ziehen. Ein bestimmtes Haus wollten Pina und Bob sich anschauen, das die beiden vorab im Internet gesehen hatten. Doch dieses Haus war nicht zu finden. Die holländische Maklerin zeigte alles andere, aber nicht dieses Haus. Es war eigentlich eine alte Ruine, eine alte Mühle, ca. 10 Fahrminuten von Périgueux entfernt. Die Holländerin war den beiden sehr unsympathisch. Sie wollte Pina und Bob in ihr B&B führen, das drei Stunden Autofahrt von Périgueux entfernt lag. Pina sah nicht ein, warum sie dort hinsollten. Sie wollte sich eine Übernachtung in Périgueux suchen.

Es war Silvester und ein einziges Restaurant hatte geöffnet. Es wurde von einem Inder geführt. In der kalten Wirtsstube aßen sie ein sehr schlechtes Essen und zum Dessert gab es Sweety. Zwei weiße wabblige Kugeln, die man wirklich nicht herunterbrachte. Der ganz offensichtlich an Männern interessierte Kellner scharwenzelte um Bob herum. Am anderen Tag fuhren die beiden wieder in die Schweiz. Später stellte sich heraus, dass diese Maklerin dieses alte Haus selbst kaufte. Sie besaß ein B&B ca. drei Stunden entfernt von Périgueux. Bob erzählte ihr ganz genau, was er mit diesem alten Haus vorhätte.

Sie hörte sehr gut zu und setzte die Pläne von Bob um. Bob und Pina suchten weiter. Zurück in der Schweiz lebten sie ihr Leben weiter. Bob zog in das gemütliche Haus, direkt am Waldrand, das Pina bewohnte. Der große Umschwung mit all den herrenlosen Tieren war für beide eine Bereicherung. Pina konnte viele Spenden entgegennehmen, damit sie die Tiere gut halten konnte. Auch Bob beteiligte sich gerne mit großen Spenden an dem Projekt.

Doch wieder einmal zog es Bob nach Frankreich. Pina begleitete ihn wieder.

Forcalquier

Bob wollte in Forcalquier einen Freund besuchen. In Forcalquier hatte Bob in jungen Jahren auf dem Bau gearbeitet. Er renovierte Häuser und hatte seine eigene Truppe zusammen. Die meisten kamen aus Algerien. Bob wollte unbedingt dorthin fahren. Irgendwie musste er eine Geschichte abschließen. So spürte es Pina. Sie fuhr also zusammen mit Bob in dieses Dorf. Es war der 13. Mai. In einer Teestube, die eigentlich als Trinkerstube bekannt war, bestellten sie ihre Getränke. Dort traf Bob auf seinen alten Freund. Pina sah sofort, dass Gian, der Freund von Bob, krank war. Sein großer Kopf war bläulich-rot und bei jedem Satz rang Gian nach Luft. Auch als er etwas essen wollte, bekam er sofort einen Schluckauf und konnte nicht weiteressen. Gian war auch von sehr korpulenter Statur. Gian gab Pina und Bob eine Adresse, wo sie übernachten konnten. Dieses B&B war außerhalb von Forcalquier und sehr hübsch. Der Besitzer war Bauer und hatte sich aus dem alten Stall zwei Wohnungen gebaut. Eine für sich und seine neue Freundin mit ihrer Tochter. Eine Wohnung wurde vermietet. Das Einzige, das nicht so großartig war: Es stank fürchterlich. Der Geruch vom Kuhstall war Tag und Nacht präsent. Gian wollte am anderen Tag mit Bob und Pina zur alten Brocante gehen. Gian wusste, dass Bob alte Möbel über alles liebte. Also verabschiedeten sie sich und freuten sich auf den morgigen Tag.

Frühmorgens saßen Pina und Bob in einem netten Straßencafé und warteten wie abgemacht auf Gian. Doch Gian kam nicht. Nach einer Weile gingen Pina und Bob zur Wohnung im Dorf, wo Gian wohnte. Es kam ein junger Mann heraus und war sehr aufgewühlt. Gian sei in der Nacht gestorben. Nicht nur für Bob, auch für alle anderen im Dorf war das ein großer Schock. Bob wurde still. Irgendwie nahm dieser Gian eine ganze Welt, eine riesige Geschichte mit ins Grab. Für Bob ging eine Ära zu Ende.

Abschied

Bob wollte noch einen weiteren Freund besuchen. Diesem Freund hatte er zwei Häuser mitten im Dorf umgebaut. Es ging die gepflasterte Straße hoch, dann erreichten die beiden das Haus. Andrè kam direkt aus dem Haus und grüßte Bob. Andrè erkannte Bob nicht. Bob sprach ihn an, aber Andrè tat so, als ob er ihn wirklich nicht kannte. Irgendetwas stimmte da nicht. Andrè bat die beiden aber trotzdem ins Haus, denn Bob versuchte ihm zu erklären, wer er war. Alles war noch so wie damals, stellte Bob fest. Es begann ein eigenartiges Gespräch. Andrè erzählte von seiner Tochter, die in der Schweiz lebte und nichts mit ihm zu tun haben wollte. Viele merkwürdige Geschichten erzählte er den ganzen Nachmittag über. Andrè zeigte auch das zweite Haus, das nebenan war. Bob war sehr enttäuscht. Alles war zerfallen. Es gab also niemanden, der sich um diese beiden Häuser kümmerte. Andrè war alt und hatte keine Erinnerungen mehr. Mit der Zeit merkten die beiden, dass Andrè an Alzheimer erkrankt war. Das war traurig. Das war für Bob eine weitere Geschichte, die er abschließen wollte. Am Samstag war die Beerdigung von Gian. Alle waren sie auf dem Friedhof. Bob wollte ebenfalls dabei sein. Es war ein eigenartiges Gefühl. Das Sterben von Gian war auch ein Sterben der Geschichte. Bob beerdigte nicht nur seinen alten Freund, er beerdigte sein ganzes altes Leben. Es war eine sehr spezielle Reise. Die Abschiedsreise von Bobs altem Leben. Somit war für Bob Forcalquier nur noch eine Erinnerung.

Die beiden fuhren wieder in die Schweiz zurück, um die nächste Hausbesichtigung in Frankreich zu planen. Dieses Mal fuhren sie nach Le Martys. Es war August und sehr heiß. Pina wusste sofort, dass das nicht ihr neues Zuhause sein würde. Nachdem sie mehr als eine halbe Stunde durch die Pampas gefahren waren, war das für sie sonnenklar. Le Seba war wirklich ein wunderschöner Ort. Zur Begrüßung kam ein stolzer Pfau, der sich sofort wieder auf das Dach von dem Haus schwang. Ein schöner Wald, voll mit Eierschwämmen, säumte den Weg. Der Hund von Pina und Bob genoss es in vollen Zügen, all diese neuen Düfte zu inhalieren. Immer wieder verschwand er aufgeregt im Wald und zeigte sich dann kurz wieder. So als wollte er sichergehen, dass Pina und Bob ihn nicht zurücklassen würden. Der nahe gelegene See von Castres war zauberhaft. Doch Masament, die Totenstadt, so nannte Pina sie, gab ihr den Rest. Sie hätte die neun Stunden Autofahrt von der Schweiz aus noch in Kauf genommen. Doch es gab keinen Flugplatz in der Nähe. Nichts. Pina war schon bereit, ins Ausland zu ziehen, doch wollte sie in der Nähe eines Flugplatzes oder eines Hafens sein. Sie hatte schließlich ihre 12 Enkelkinder und ihre ganze Familie in der Schweiz, die sie, wenn sie etwas finden würden, verlassen würde. Unverrichteter Dinge fuhren sie wieder in die Schweiz zurück.

Eines Abends, es war immer noch Sommer, sagte Bob so ganz nebenbei zu Pina: „Wir könnten ja auch nach Sardinien ziehen." Pina war sichtlich überrascht. Bob war im Herzen ein Franzose und jetzt wollte er tatsächlich nach Sardinien. Das war typisch. So mir nichts dir nichts schnell das Land wechseln.

Pina hatte ihren italienischen Pass. Also warum nicht Sardinien?

Bob lebte in jungen Jahren auf einem Weingut im Süden von Sardinien. Dort lernte er auch die italienische Sprache.

So kam es, dass Pina und Bob die erste Reise nach Sardinien starteten. Viele Vorbereitungen brauchte es nicht. Sie fuhren mit dem Auto los, durch den Gotthardtunnel ins Tessin. Der über 140 Jahre alte Gotthardtunnel, der eine Länge von 15'003 m ausweist, erinnerte Pina an ihre Wurzeln in Norditalien. Heute denkt man kaum noch an die Mineure von damals. Jedes Mal, wenn Pina durch diesen Tunnel fährt, kommt es ihr vor, als ob dieser Tunnel die Trennung zweier Welten wäre. Sie fährt mit dem Auto in die Dunkelheit des Tunnels. Pina lässt die Schweizerin hinter sich und es beginnt eine lange, fast endlose, monotone Fahrt durch diese Röhre. Nur die Elektrizität, die den Tunnel beleuchtet, holt Pina wieder in die Wirklichkeit zurück. Nach endloser Fahrt in dieser Röhre erblickt sie jedes Mal am Ende ein Licht und dann begrüßt sie die Sonne. Geschafft. Raus aus der Dunkelheit. Pina ist ab da die Italienerin. So fühlt es sich für Pina an.

Mit vielen Gedanken im Kopf fuhr Pina zusammen mit Bob durch diese Röhre. Pina saß am Steuer. Plötzlich bemerkte sie, dass Bob kreidebleich neben ihr saß und Schweißperlen auf der Stirn hatte. Bob hatte Platzangst. Also sprach Pina ganz ruhig mit Bob, während sie weiterfuhr. Sie wusste, wie er jetzt atmen sollte. Auch seine Gedanken sollte er jetzt auf etwas Schönes richten, was er von früher her kannte. So nach und nach beruhigte sich die Situation im Auto.

Bob staunte über sich selbst. Aber mit der Anleitung von Pina konnte er sich selber beruhigen. Ein Lichtblick kam zum Vorschein und als sie aus dem Tunnel waren, schien die Sonne. Wie jedes Mal. Die Fahrt nach Genua verlief angenehm. Bald schon konnten sie in den Hafen von Genua einfahren. Die Fähren ruhten imposant und still vor sich hin. Wartend auf ihren nächsten Einsatz. Die dicken Seile fesselten die großen Meeresschwimmer ans Land. Eine lange Autoschlange wartete auf das Öffnen der Einfahrt zur Fähre. Dann endlich war es so weit. Die Fahrzeuge wurden ins Innere des riesigen Bauches der Fähre geführt. Die großen Lastfahrzeuge durften zuerst hineinfahren. Dann die Motorfahrzeuge und am Schluss die Personenwagen. Pina und Bob nisteten sich so gut es ging in der gemieteten Schlafkoje ein. Sie genossen das Nachtessen im Restaurant auf der Fähre. Am Morgen waren sie dann in Porte Torres angekommen. Das Klima war sehr angenehm und die Freude der beiden sehr stimmig.

Diese Fährenfahrt wiederholte sich aller fünf Jahre. Sobald sie konnten, reisten sie nach Sardinien, um die Insel, die Ortschaften und die Leute zu erkunden. Sie waren überall. Viele schöne und weniger schöne Anwesen hatten sie sich angeschaut. Rund um die Insel, doch nichts hatte Pina überzeugt. Sie lernten die Leute kennen und waren sich eigentlich im Klaren, dass Sardinien ihr neues Zuhause sein sollte. Sie empfanden die sardische Mentalität als sehr angenehm, Die Menschen waren sehr hilfsbereit und immer sehr freundlich.

Gefängnis

Ein dunkler Schatten legte sich über das Leben von Bob und Pina. Bob wurde in eine unangenehme Geschichte verwickelt. Er musste für eine lange Zeit ins Gefängnis.

Pina erinnerte sich an die Zeit, als sie als junge Frau drei Jahre lang einen Häftling im Gefängnis begleitetet hatte. Bob wurde unerwartet in die Polizeiwache einbestellt. Es ging alles sehr schnell. Pina wusste nicht, worum es ging. Bob erlitt, als er auf der Wache war, einen Herzinfarkt. Mit Blaulicht fuhren sie ihn ins Kantonspital. Dort konnte ihn Pina erst besuchen, als er mit Schläuchen ausgestattet von der Intensivstation auf die normale Abteilung verlegt worden war. Sie musste ihm noch Kleider und sonstige Utensilien mitbringen. Denn er wurde sofort mit einem Sicherheitsauto nach Realta gefahren. Bob, der unter Platzangst litt, musste also in ein kleines, geschlossenes Fahrzeug gehen und das in Handschellen. Pina brach es fast das Herz. Beide wussten ja, dass Bob Unrecht geschah.

Eine lange Zeit musste Bob also unschuldig in einem Gefängnis verbringen. Es dauerte lange, bis sein Anwalt die Sache regeln konnte. Pina schrieb jeden Tag einen Brief an Bob. Sie durfte ihn auch einmal im Monat besuchen. Bob konnte sich sehr gut in diesem Gefängnis abgrenzen. Die Insassen ließen ihn in Ruhe. Bei seiner Ankunft wurde er von der Gefängnisärztin untersucht. Sie wollte ihm unbedingt Beruhigungstabletten verschreiben. Bob lehnte solche Medikamente prinzipiell ab. Er verweigerte jedes Medikament. Er wollte einfach seine Ruhe haben. Nach langem Hin und Her, ließen sie Bob dann auch seine Ruhe und stellten fest, dass er im Grunde ein angenehmer Kerl war. Vielleicht war auch durchgesickert, dass er zu Unrecht in diesem Gefängnis saß. Er konnte sich in dieser Zeit im Gefängnis gut beschäftigen. Pina schickte ihm Pinsel, Farben und Papier. Da die Gefängniswärter auf seine Kunst aufmerksam wurden, bekam er einen großartigen Job. Er konnte in dieser Zeit als Zeichenlehrer arbeiten. Es gab Insassen, die Interesse am Malen zeigten. So konnte Bob seiner unfairen Inhaftierung doch noch etwas Gutes abgewinnen. Er konnte die Zeit sinnvoll ausfüllen.

Dann kam endlich der Tag, an dem Bob entlassen wurde.

Schon bald fuhren die beiden wieder weg, dieses Mal ging die Reise nach Sardinien.

Sardinien

Beim zweiten Mal, als sie auf Sardinien waren, fuhren sie in den Süden. Potere Montaldo hieß das Anwesen, das sie sich anschauen wollten. Ein altes Bauerngut. Auf dem Gelände befand sich sogar die Ruine einer Kapelle. Für Pina kam aber solch ein Objekt nicht infrage. Sie hatte keine Lust, all diese alten Lasten dieser Generationen von diesem Bauernhof oder sogar einen eventuellen Fluch zu übernehmen. So dachte sie halt. Sie sah all diese alten Möbel und Bilder in diesem alten Haus. Alles kam ihr so schwer und düster vor. Sie war richtig froh, als der Makler sich dieses Anwesen selber kaufte und sie sich dann nicht mehr mit Bob über dieses Anwesen auseinandersetzen musste. In Olbia sahen sich Bob und Pina ein weiteres Haus an, das Blumenhaus. Jedes Haus oder jedes Anwesen, das sich die beiden ansahen, bekam von Pina einen passenden Namen. So wussten sie immer wieder sofort, um welches Objekt es sich handelte, wenn sie darüber sprachen. Denn im Laufe der Zeit sahen sie sich eine Unmenge von verschiedenen Häusern überall auf der Insel an. Es war ein schönes Haus, das Blumenhaus. Dieses Haus und die Umgebung wurden von dem Mann, der verstorben war, jahrelang liebevoll hergerichtet und gepflegt. Man sah diesem Haus und dem Platz drum herum förmlich all die liebevolle Hingabe an, die dieser Mann dort hineingesteckt hatte. Kein Wunder, dass seine zurückgebliebene Frau unbedingt den Preis haben wollte, den sie sich als Gegenwert für all die Arbeit ihres Mannes vorgestellt hatte. Für Pina war das verständlich, doch sie wollte diesen Liebhaberpreis nicht bezahlen. Es war nicht ihre Geschichte. Die Verkäuferin blieb standhaft und kam mit dem Preis nicht entgegen. So war auch dieses schöne Haus, wie auch schon viele zuvor, kein Thema mehr für Pina und Bob.

In Plata Mona waren ebenfalls drei Häuser, die die beiden besichtigten. Dann hatten sie einen weiteren Favoriten. Die Corona in Sassari. So nannte Pina dieses Haus. Es war rund gebaut und durch eine kleine Steintreppe konnte man nach oben auf das Dach gehen. Das Dach hatten die Sarden so gebaut, dass es wirklich wie eine Krone aussah. Von da oben hatte Pina einen Blick bis zum Meer, das ca. fünf Fahrminuten weiter unten von dem Haus lag. Der Verkäufer und der Immobilienmakler hatten es mit allem sehr eilig. Sie wollten sofort einen Vertrag mit Pina abschließen und drängten die beiden zur Eile. Das machte Pina stutzig. Sie hatte in ihrem Leben gelernt, dass wenn etwas so schnell gehen sollte, man vorsichtig sein musste. Das war sie dann auch. Die beiden fuhren erst einmal wieder in die Schweiz zurück und Pina recherchierte im Internet über die Umgebung, wo dieses Haus stand. Sie las, dass genau neben diesem Haus ein Fahrradweg geplant war und die Straße vergrößert werden sollte. Das hieß, dass es ein paar Meter weiter entfernt von diesem Haus von Sassari aus eine Schnellstraße bis ans Meer nach Plata Mona geben würde. Genau an dem Grundstück vorbei. Also war auch dieses Haus nichts für die beiden und Pina konnte dem Geld nachschauen, das sie dem Makler bereits überwiesen hatte. Ja, sie waren auch da schon sehr weit mit den Verhandlungen gewesen. Zu einem späteren Zeitpunkt fuhren die beiden dort noch einmal vorbei und sahen tatsächlich diese Autobahn mit all den vielen Autos, die von Sassari nach Plata Mona rasten. Also keine Frage, warum der Makler und der Verkäufer damals so sehr mit dem Verkauf dieses Hauses drängten. Auch dass der Preis so niedrig war, erklärte nun alles. Das Haus ist immer noch auf dem Markt und zum Kauf ausgeschrieben. Wahrscheinlich wird da nie jemand echtes Interesse zeigen. Auch ein weiteres Haus in Sassari hatten sie in Aussicht. Ein altes Haus in toller Lage. Die Besichtigung war ebenfalls sehr interessant. Doch da hätten sie nicht das bauen können, was sie sich vorgestellt hatten. Der dazugehörige Geometer wollte unbedingt sein Projekt ausführen. Das war die Bedingung. Der Platz war sehr gut. Außerhalb von Sassari und doch war man in zehn Minuten in der Stadt und am Meer. Es gab noch einige Objekte in dieser Umgebung. Doch nichts passte den beiden. Ein schönes Haus in Arzachena ließen sie sich nicht entgehen. Der uralte Olivenbaum hatte es den beiden angetan. Es gab noch ein kleines, altes Steinhäuschen auf dem Land, das 11 ha aufwies. Dieses Haus nannte Pina, Arizona. Arizona war mit dem rötlichen Stein gebaut und es sah wirklich wie ein Westernhaus aus. Auch hier wollte der Verkäufer plötzlich, als er hörte, dass die beiden aus der Schweiz kamen, 100 000 Euro mehr für dieses Haus. Somit hatte sich auch diese Geschichte erledigt. Dann ging es noch nach Porto Cervo. Dort hätten sie zwei Objekte im Rohbau kaufen können. Der Preis stimmte, doch sah man weder das Meer noch in die Campagna. Pina wusste genau, was sie wollte. Wenn sie schon die Schweiz verlassen würde, um nach Sardinien zu ziehen, dann wollte sie auch das Meer in der Nähe wissen. Auch wollte sie nicht in einer Mulde leben – umringt von Bäumen und Büschen. Nein, sie wollte Weit- und Meersicht haben. Pina schrieb immer wieder irgendwelche Leute an, die etwas zum Verkauf anboten.

Wieder einmal hatten sie sich mit jemandem verabredet, der ein großartiges Objekt anzubieten hatte. Der Treffpunkt war auf einem Parkplatz. Pünktlich wie die Schweizer sind, trafen Pina und Bob am verabredeten Ort ein. Weit und breit war niemand zu sehen. Geschweige ein Haus oder sonst etwas. Sie warteten also eine Weile. Doch es kam niemand. Per Handy erreichten sie die Dame, mit der sie diese Verabredung hatten. Es stellte sich heraus, dass die Frau an einem ganz anderen Ort auf die beiden wartete. Also machten sie sich erneut auf den Weg. Pina kam es vor, als ob die Maklerin dieses Haus suchen musste. Es war für Pina und Bob eine merkwürdige Situation.

Das Haus lag wieder mal irgendwo in der Campagna. Die Maklerin hatte einen eigenartigen Auftritt. Ein luftiges, blumiges Kleid mit großem Ausschnitt, überlackierte Fingernägel und ein abstoßender Duft von einem billigen Parfum ließen die Frau lächerlich und schräg wirken. Aber der wirkliche Hit waren ihre Schuhe. Sie waren rot lackiert mit einem sehr hohen, dünnen Absatz. Diese Frau kam also tatsächlich in dieser Aufmachung durch das Gestrüpp und durch diese ländliche Gegend, um ein Haus mitten in der Campagna zu zeigen. Es war lustig, wie sie sich bei ihrem Compagnon einhakte und durch die unebene Erde stöckelte.

Auch hier kam wieder ein altes Landhaus zum Vorschein. Man hätte auch da einen wunderschönen Ort erschaffen können. Wie an so vielen Orten auf Sardinien, haben auch hier früher ganze Familien gelebt. Wie lange dieses Haus schon leer stand, konnte man nur erahnen. Das Besondere an diesem Ort war der Brunnen. Gleichzeitig gingen Pina und Bob zu diesem alten Ziehbrunnen hin. Sie schauten synchron in die Tiefe dieses Brunnens. Ein glasklares Spiegelbild sah ihnen entgegen. Es war ein magischer Augenblick. Pina kam es vor, als ob das ein Zauberbrunnen sei. Sie hatte noch nie in ihrem Leben ein solch klares Spiegelbild gesehen. Es war ein ganz spezieller Moment.

Doch auch da entschieden sie sich gegen dieses Anwesen.

Agentur

Sie wechselten die Agentur und trafen Cleo.

Cleo kam aus Deutschland und arbeitete bei einer sardischen Immobilienfirma. Sie zeigte den beiden das Doktorhaus. Ein Haus in Olbia, das ein sardischer Arzt verkaufen wollte. Es gefiel den beiden auf Anhieb. Ein Blick über ganz Olbia, eine wunderschöne Küche, alles war eigentlich perfekt. Meeressicht vom Feinsten. Doch der Haken an der Sache war, dass das Haus nur durch eine sehr, sehr holprige, unbefestigte Straße erreichbar war. Das Haus war das oberste von etwa 50 anderen Häusern, die diese Straße nach oben hin säumten. Das hieß, dass in Sardinien bestimmt keiner irgendetwas machen oder sogar bezahlen wollte, das er nicht brauchte. So hätten Pina und Bob bestimmt eine Hypothek von dieser Straße übernehmen müssen. Denn die beiden kamen aus der Schweiz und wussten, dass die Straßen befahrbar sein sollten, wenn man sein Haus erreichen wollte. Doch diese Straße war in einem so schlechten Zustand, dass man das Haus mit einem normalen Auto nicht erreichen konnte. Man brauchte einen Pick-up oder ein ähnlich großes Fahrzeug. Auch wäre bestimmt niemand bereit gewesen, diese Straße in Ordnung bringen zu lassen, geschweige denn Geld dafür zu bezahlen. So beschlossen Pina und Bob schweren Herzens, dieses Haus ebenfalls nicht zu kaufen.

Dann, so nebenbei, sagte Cleo, dass sie seit einem Jahr im Nordwesten lebe. Sie hätte noch eine Option. Es wären drei Ställe und ein Haus im Verkauf. Man könnte diese Liegenschaft auch einzeln kaufen. Das heißt die drei Ställe separat und das Haus separat. Dieses Objekt wäre nicht in ihrem öffentlichen Angebot. Sie würden nur luxuriösere Häuser und Villen verkaufen. Cleo dachte sich sicher, dass die beiden kein

Geld hätten, um irgendetwas Vernünftiges zu kaufen. Bob und Pina waren nicht die, die mit irgendetwas prahlten wie so viele, die sich auf Sardinien etwas kauften. Nein, Pina und Bob waren sehr bescheiden. Sie fuhren ihr altes, verbeultes Auto. Sie wussten, dass sich die meisten Menschen in ihnen täuschen würden.

Cleo hatte einen anderen Termin an der Costa Smeralda mit einem Russen. Das war bestimmt das lukrativere Geschäft, als Pina und Bob drei alte Ställe zu zeigen, die sie ja bestimmt nicht kaufen würden. Da gab es sicher nicht so viel Provision als bei einer Villa, die man in Porto Cervo verkaufen kann. Sie schickte ihren Arbeitskollegen. Er sollte doch mit den beiden mitgehen, um ihnen die Ställe zu zeigen. Das machte er auch, sehr gelangweilt ob dem nicht lukrativen Job. Pina fühlte sich vom ersten Moment an dort zu Hause. Als sie aus dem Auto stieg, wusste sie, dass sie endlich gefunden hatte, wonach sie so lange gesucht hatte. Genau hier wollte sie leben. An diesem Ort war alles frei in ihr. Sie hatte kein Nein mehr auf ihren Lippen. Kein Druck auf ihrer Brust. In dem Moment, als ihre Füße diese Erde berührten, wusste Pina, da war sie zu Hause. Sie schaute sich um und spürte den magischen Ort. Was auch immer es war, Pina konnte sich, wie schon so oft in ihrem Leben, nicht dagegen wehren. Ihr Inneres zeigte ihr, dass sie hier genau richtig war. Von da an war alles klar. Bob konnte die Reaktion von Pina im ersten Moment nicht einordnen. Denn Pina hatte bis jetzt bei jedem Anwesen oder bei jedem Haus, das sie sich angesehen hatten, kein weiteres Interesse gezeigt. Sie konnte einfach nirgends Ja sagen. Es passte jedes Mal nicht.

Doch hier, genau hier, sollte ihr neues Zuhause entstehen. Hier gab es nichts außer drei leeren Ställen und nebenan einem Haupthaus im Rohbau.

Viel Macchia und alles war überwuchert. Wenn man aber genauer hinsah, und das taten Pina und Bob, konnte man hier einen wunderschönen Platz herrichten. Dieser Weit- und

Meerblick, den Pina und Bob bereits durch all das Gebüsch und Gestrüpp vermutet hatten, war dann zu einem späteren Zeitpunkt einfach fantastisch. Diese Umgebung unbeschreiblich. Dann kam der Preis ins Spiel. Okay, Pina wusste, das konnten sie sich nicht leisten.

Zwei Jahre lang fuhren sie wieder hin und her zwischen der Schweiz und Sardinien und hatten diese Ställe mit dem dazugehörigen Haus ad acta gelegt.

Der Preis war zu hoch. Und so schauten sie sich auf der ganzen Insel viele andere Projekte an.

Dann, wieder einmal nach zwei Jahren zurück aus Sardinien in der Schweiz angekommen, entdeckte Pina im Internet wieder diese drei Ställe. Eine andere Agentur bot dieses Objekt erneut zum Verkauf an. Dieses Mal aber war der Preis um einiges geringer. Es war auch so, dass das ganze Anwesen tatsächlich in zwei Objekte eingeteilt wurde. Das heißt, man hätte entweder die Ställe kaufen können oder das Haupthaus. Pina überlegte sich kurz eine Strategie. Dann schrieb sie diese Agentur an und bekundete ihr Interesse für die drei Ställe. Wenn sie diese Ställe für den vorgeschlagenen Preis kaufen könnte, würden sie und Bob bald wieder nach Sardinien reisen. Natürlich sollte dann auch im Vertrag stehen, dass Pina das Vorkaufsrecht auf das Haupthaus hätte.

Es kam dann zu Verhandlungen und Pina kaufte das ganze Anwesen. Also die drei Ställe und das Haupthaus mit all den Hektar Land drum herum.

Es sollten dann aber doch wieder weitere zwei Jahre vergehen, bis der Preis für Pina und Bob stimmte. Auch sollte im Vertrag stehen, dass sie aus den drei Ställen Ferienwohnungen bauen können, um diese dann zu vermieten. Sie mussten von irgendeiner Einnahmequelle leben können, falls sie wirklich auf Sardinien leben würden. Die Verhandlungen liefen.

Genua Pass

Wieder einmal fuhren die beiden von der Schweiz mit dem Auto nach Genua an den Hafen. Jedes Mal war es ein unbeschreibliches Gefühl. Dieses Mal sollte die Reise aber anders verlaufen. Pina erinnerte sich noch, dass sie Bob auf seinen Pass aufmerksam gemacht hatte, als sie in der Schweiz losfuhren. Für Pina sah der Pass nicht so aus, als ob der einmal eine rote Farbe gehabt hätte. Bob meinte, er wäre immer damit gereist und nie hätte er Probleme gehabt. Bob sagte noch, dass er nie seinen Pass zeigen musste. Pina wusste nicht, dass dieser Pass schon zehn Jahre abgelaufen war. Auch Bob hatte keine Ahnung davon, weil es ihn einfach nicht interessierte. Also kamen die beiden gegen 17 Uhr in Genua an. Sie hatten für den nächsten Tag einen wichtigen Termin auf Sardinien, wegen des Hauskaufs.

Da stand ein sehr korpulenter Mann in Uniform vor ihrem Auto und stoppte die beiden. Pina und Bob kannten den Ablauf bereits. Es wurden die Papiere kontrolliert und man wurde in die Kolonne eingewiesen, um später zur Fähre zu gelangen. Meistens war es das Gate Nr. 7. So konnten die Fahrzeuge vor der riesigen Tirrenia oder vor der bunt bemalten Moby warten, bis alle Lastwagen und Motorfahrräder im großen Bauch der Fähre verschwanden. Dann ging es los und auch die kleinen Fahrzeuge wurden in das Innere der Fähre gewiesen.

Doch dieses Mal kam es anders. Der korpulente Mann in seiner Uniform sah die beiden bereits grimmig an. Er lief um das Auto herum und schwenkte seine Plakette, die er oben an seiner Brusttasche des Jacketts trug, zur Show. Etwas stimmte nicht. Pina musste mit dem Fahrzeug die Kolonne verlassen und wurde an die Seite gewunken. Dann ging es los. Der

Mann wies auf das abgelaufene Datum von Bobs Pass und gab den beiden zu verstehen, dass Bob nicht auf die Fähre dürfe. Es gab eine lange Diskussion, aber Pina erfasste die Situation sofort. Es gab keine Ausrede. Es war auch die Zeit, in der es in Italien so viele Flüchtlinge gab. Es wurde also viel strenger kontrolliert. Bob hatte noch kurz die Idee, dass Pina allein zur Fähre fahren sollte und er sich einen anderen Weg suchen würde. Er dachte tatsächlich, dass er irgendein Schlupfloch finden würde, um in den riesigen Bauch der Fähre zu gelangen. Doch Pina machte da auf keinen Fall mit.

Also war klar, dass die beiden an diesem Tag nicht mit der Fähre nach Sardinien reisen würden.

Es gab oben am Hafen von Genua ein kleines Büro, das eine Art Konsulat war. Doch das war geschlossen. Es kam aber ein netter Mann, der ihnen riet, sie sollten doch nach Mailand zum Schweizer Konsulat fahren. Pina überlegte schnell, Genua – Mailand. Tja, Pina war ja noch nie in Mailand gewesen und dachte wie immer positiv. So käme sie mal nach Mailand und könnte sich diese Stadt ansehen. Bob telefonierte mit dem Konsulat in Mailand und erklärte kurz sein Problem. Er hatte Glück. Es war ein sehr junger Mann am anderen Ende und hörte Bob geduldig zu. Dieser junge Mann war sehr interessiert daran, einen guten Job zu machen. Er erklärte Bob, dass er ihn am nächsten Tag wieder anrufen würde und er alles gebe, um ihm zu helfen.

Das war es fürs Erste. Es war bereits nach 18 Uhr. Pina suchte sich ein schönes Hotel in Genua und packte auch hier die Gelegenheit beim Schopfe. Auch Genua kannte Pina noch nicht. Also würde sie sich auch hier mal umschauen.

Den Termin mit dem Verkäufer mussten sie verschieben und die Tickets für die Fähre waren am nächsten Tag wahrscheinlich nicht mehr gültig. Es war bereits alles bezahlt. Pina und Bob fuhren durch Genua und suchten sich ein kleines Café. Sie genossen den Aperitivo und fuhren dann zu diesem Hotel, wo sie übernachten sollten. Es gab einen wunderschönen

Park mit vielen Bronzefiguren von diversen Künstlern. Ob sie gut schliefen, das weiß Pina nicht mehr. Am anderen Morgen rief tatsächlich dieser junge Mann vom Schweizer Konsulat in Mailand an. Er teilte ihnen mit, dass Bob selber nach Mailand kommen müsste. Er habe alles in die Wege geleitet, doch er könne noch nicht mit Gewissheit sagen, ob alles in Ordnung käme.

Also beschlossen Pina und Bob, mit dem Auto von Genua nach Mailand zu fahren. Pina erinnerte sich noch, als ihr Bob mal von dem Chaos auf den Straßen Mailands erzählte. Das war aber vor vielen Jahren, wo Bob das letzte Mal in Mailand war. Pina war es einen Moment lang nicht wohl bei dem Gedanken an dieses Durcheinander auf Mailands Straßen. Aber das würde schon gut gehen. Also fuhren sie los. Fuhren ist milde ausgedrückt. Bob fuhr so schnell, als ob er verfolgt würde.

Eigenartig war es, als die beiden in die Stadt von Mailand fuhren. Es war frühmorgens. Alles war ruhig. Alle Ampeln, die sie passierten, standen auf Grün. Kein Hupen, kein Drängen, nichts. Pina kam es vor, als ob die ganze Welt stillgestanden hätte. Als ob sie im Zeitlupentempo durch irgendeine leere Straße fuhren. Wie im Film. Dann sahen Bob und Pina plötzlich die Schweizer Fahne im leichten Wind wehen. Bob hatte das erste Mal in seinem Leben wässrige Augen, als er diese Fahne sah. Genau vor dem Konsulat fanden sie einen Parkplatz. Es war fast unheimlich. Sie gingen in das Gebäude und suchten sich den Schalter mit der zuständigen Person. Tatsächlich hatte dieser junge Mann einen provisorischen Pass für Bob organisieren können. Bob musste noch alle Formalitäten erledigen und einige Fingerabdrücke tätigen, dann hatte er seinen gültigen provisorischen Schweizer Pass in den Händen. Dank des Einsatzes dieses jungen Mannes und der Zusammenarbeit mit der Schweizer Behörde, konnten die beiden wieder beruhigt zurück nach Genua fahren. Doch vorab genossen sie noch einen Cappuccino für

Pina und einen Vermentino für Bob. Auch nahmen sie sich kurz Zeit, wenigstens einen kleinen Eindruck von Mailand zu bekommen. So fuhren sie wieder an den Hafen, denn sie wollten unbedingt die Fähren noch erreichen, die auch an diesem Tag nach Sardinien fuhr. Die Frau am Schalter von der Tirrenia war ebenfalls sehr nett. Pina musste nicht mehr die ganzen Kosten für die Tickets übernehmen.

Dann fuhren die beiden nach unten zur Einfahrt und der Kontrolle, bevor man auf die Fähre darf. Der korpulente Mann, der am Vortag Bobs Pass kontrolliert hatte, stand wieder dort. Er sah das Auto und die Schweizer Nummer. Seiner Kollegin, die neben ihm stand, zischte er etwas ins Ohr und zeigte mit der Hand auf das Auto der beiden Schweizer. Wahrscheinlich dachte er nie im Leben, dass Bob in so kurzer Zeit ein gültiges Dokument in den Händen halten könnte. Pina, die am Steuer saß, ließ das Fenster herunter und übergab der Frau alle nötigen Papiere. Sie schaute sich die Sache an, gab Pina alles zurück und winkte die beiden durch. Doch der dicke, grimmige Kerl wollte selbst alles nochmals kontrollieren. Pina und Bob sahen ihm diese Ungläubigkeit regelrecht an. Er konnte sich nicht erklären, wie das möglich war. Für einen Italiener eine sicher unmögliche Geschichte. In Italien dauert alles immer viel länger als in der Schweiz. Wenn man schon in der Schweiz so lange braucht, um einen Pass zu bekommen, wie soll denn das dann in Italien möglich sein? Tja, da hatten diese beiden wirklich Glück mit dem tüchtigen Jungen auf dem Konsulat. Pina und Bob fuhren endlich in den Bauch der Fähre.

Vom Deck aus schauten sie wieder einmal in die Richtung von Genua. Einfach imposant dieser Hafen, diese Stadt. Wie so kleine Spielzeugautos sahen die Fahrzeuge von oben aus. Das geordnete Fahren und Verladen der großen Lastwagen mit all den Anhängern verlief wie immer reibungslos. Um 21 Uhr legte die Fähre dann ab.

Porte Torres

Dieses Mal fuhr die Fähre Porte Torres an.

Pina und Bob gingen noch in den kleinen Imbissladen, um eine Kleinigkeit zu kaufen.

Es war ein wunderbares Gefühl, hier auf der Insel angekommen zu sein. Der Geschmack der Insel, die Luft, einfach alles – das Leben begrüßte die beiden in all seiner Pracht. Sardinien ist und bleibt eine wunderschöne, magische Insel.

Die Reise in die Zukunft auf Sardinien wurde an diesem Tag besiegelt.

Korrupter Mensch

Am 10.10. hatten Pina und Bob am Ende der Welt in einem kleinen Dorf eine Autopanne mit ihrem alten Fahrzeug. Das war alles andere als gut. Denn die beiden hatten einen wichtigen Termin mit einem Mann von der Gemeinde, in dem ihr zukünftiges Anwesen lag.

Dieser sollte zugleich auch der Geometer der beiden werden. Eigentlich hatten die zwei bereits einen Architekten von Olbia kennengelernt, mit dem sie bei einem anderen Objekt gute Erfahrungen gemacht hatten. Diesen Architekten wollten sie auch unbedingt für ihr neues Vorhaben beauftragen. Der zukünftige Verkäufer aber pochte darauf, dass die beiden diesen Mann, der ein Freund des Verkäufers war, nehmen müssten. Nach einigem Hin und Her dachten Pina und Bob, dass es sicher zum Vorteil von ihnen sei, wenn sie diesem vorgeschlagenen Mann, der eben auch Geometer war, den Auftrag gaben. Die Empfehlung des Verkäufers konnte sicher nicht falsch sein. So gaben die beiden nach. Was könnte ihnen Besseres passieren, als den vom Verkäufer vorgeschlagenen Mann als Geometer zu haben. So wären sie doch an der Quelle und bestens bedient. Wie hätten die beiden wissen können, dass dieser Mann ein falscher, schon fast krimineller Mensch war. Ein mieser, hinterhältiger, korrupter Mann. Niemals wäre ihnen auch nur annähernd dieser Gedanke gekommen.

Also ging das Fiasko schleichend los.

Da Bob genau wusste, was er wollte, fingen die Probleme an. Dieser Geometer wollte prinzipiell nicht, was Bob wollte, und umgekehrt war es ebenfalls so. Es waren 11 ha Land, das sie gekauft hatten. Bob wollte unbedingt eine Feriendestination mit vier Wohnungen realisieren. Pina hätte das nicht unbedingt gebraucht. Doch sie ließ Bob seinen Traum und steckte ihr gesamtes Geld in dieses Vorhaben. Der Traum von Bob wurde dann auch zum Traum von Pina. Es folgten viele Bürogänge und noch viel mehr Papierkrieg und eine Unmenge Arbeit. Ganz zu schweigen von all den Nerven, die die beiden bei diesem Projekt ließen. Auch die nötige unbeschreibliche Geduld und das enorme Durchhaltevermögen stellte die beiden immer wieder auf die Probe.

Es gab Zeiten, in denen dieser Traum fast zum Albtraum wurde.

Die alte Sardin

Es dauerte viele Jahre, bis die beiden sich ihr Zuhause erschaffen konnten. Da sich Bob mit dem Mann anlegte, fing für die beiden eine schwierige Zeit an. Eine alte Sardin meinte zu wissen, dass man sich mit solchen Leuten nicht anlegen sollte. Es könnte sein, dass plötzlich ihr Auto brennen würde. Auch könnte es sein, dass plötzlich Pina verschwinden würde. Doch Bob und Pina hatten keine Angst. Sie stellten sich den Gegebenheiten. Es war ein eigenartiger Kampf. Diese alte Sardin lebte noch in der Vergangenheit, doch wusste sie auch, dass vieles noch im selben Rhythmus von damals geschah.

Sie erinnerte sich an die Welt der verborgenen Gänge. Ja, es gab sie und es gäbe sie heute noch. Die Welt unter dem Gestein der Gallura. Das kleine Bergdorf oben am Hügel. Nicht einmal 1000 Einwohner beherbergte das Dorf. Von November bis Anfang März lebten die Leute im dicken Nebel. Das machte sich auch im Gemüt der Menschen bemerkbar. Die grimmigen, düsteren Gesichter waren eher abschreckend als einladend. Meistens traf man im Dorfkern die Alten. Eine Gruppe von zwei bis sechs Männern saßen jeden Tag auf der Steinmauer-Bank vor der Kirche und warteten darauf, dass etwas passieren würde. Meistens aber blieb der Tag so, wie er gestern schon war, und der morgige versprach ebenfalls nichts Neues. Die Männer saßen und schauten stundenlang vor sich hin. Eine Resignation der Langeweile röchelte vor sich hin.

Nur am Dienstag gab es eine Ausnahme. Es bildete sich vor dem alten, zerfallenen Haus des Doktors eine große Schlange. Von 09 bis 11 Uhr konnten die Menschen vom Dorf diesen Doktor besuchen. Es gab ein Wartezimmer mit einem alten blauen Sofa und zwei alten Holzstühlen. Beim Herrn Doktor selbst im Raum sah es eher aus wie in einem Verkehrsbüro.

Eine alte Nierenschale, die verlassen auf dem Holztisch stand, erinnerte einen daran, dass man beim Arzt war. Außer verschiedene Fragen zu stellen, war er anscheinend nicht befähigt, etwas anderes zu machen. Dann kostete der Besuch auch noch 50 Euro, selbstverständlich bar auf die Hand. Dann bekam der Patient einen Zettel mit einer Verschreibung oder einer Überweisung an eine höhere Instanz. Wenn man Glück hatte, kam man vor 11 Uhr an die Reihe, wenn nicht, musste man den Termin auf die nächste Woche verschieben oder man ging in die nächstgrößere Stadt. Dasselbe spielte sich auch bei der Post ab. Mindestens sechs bis acht Personen warteten darauf, dass sie an der Reihe kamen. Es gab einen Postbeamten, der den einzigen Schalter bediente. Falls jemand ein Paket abholte, drehte der Postbeamte am Hebel und die große, alte Scheibentüre öffnet sich mühselig. So konnte man das Paket in Empfang nehmen. Es versteht sich von selbst, dass die Räume beim Doktor wie der Raum in der Post im Winter nicht beheizbar waren. Im Winter fror man die ganze Wartezeit über. Da gab es keine Widerrede. Es war schon immer so und es bliebe auch auf Weiteres so. Eine andere Abwechslung bot der wöchentliche Gemüsemarkt. Doch auch da: Seit Jahren dieselben Marktfahrer, die seit Jahren den selben Platz für ihren Stand hatten, brachten nichts Neues ins Dorf.

Für eine Gruppe Stranieris bot dieser wöchentliche Markt ein Zusammentreffen, das in aller Stille erfolgte.

In der kleinen einzigen Bar im Dorf konnten sie ihren Kaffee trinken und sich austauschen.

So erlebten die Einheimischen doch noch eine kleine Abwechslung in ihrem tristen Alltag.

Vertrag

Nach einiger Zeit war es endlich so weit und Pina sollte beim Notar den Kaufvertrag unterschreiben. Es war eine eigenartige Situation.

Im Dezember unterschrieb Pina nach etlichen Verhandlungen den Vertrag, der aus sage und schreibe 32 Seiten bestand, für dieses Anwesen, das noch keines war. Es versteht sich von selbst, dass die Verhandlung in italienischer Sprache geführt wurde. Pina sprach zu diesem Zeitpunkt noch fast kein Italienisch. Anwesend waren der Notar, der Verkäufer, der nicht lesen und schreiben konnte, und sein Sohn. Des Weiteren eine Anwältin, die die deutsche Sprache fließend sprach, Pina, die zu diesem Zeitpunkt kein oder nicht viel Italienisch sprach und verstand, und Bob. Pinas Anwältin, die das italienische Baurecht in- und auswendig beherrschte und ebenfalls die deutsche und die italienische Sprache sprach, saß in ihrem Büro auf Abruf bereit. Sollte es Unklarheiten geben, durfte Bob sie während der Verhandlung anrufen. Das tat er dann auch. Sie gab dann grünes Licht und Pina konnte zusammen mit dem Verkäufer unterschreiben. In diesem Vertrag stand auch, dass das Vorhaben, diese vier Ferienwohnungen zu bauen, bewilligt sei. Also gab es in diesem Moment keine Zweifel für die beiden, dass etwas nicht in Ordnung sein könnte. Da die beiden Anwältinnen und der Notar alles abgecheckt hatten.

Pina setzte also alles auf dieses neue Vorhaben. Mutig und sicher in sich selbst war sie schon immer. Sie war sich sicher, dass sie zusammen mit Bob ihr Ziel erreichen würde. Was konnte schon passieren. Das dachte sie schon immer und immer wieder so. Das Einzige, was passieren könnte, wäre, dass sie plötzlich starb. Auch dieser Gedanke war für Pina nie beängstigend. Es war nur das Einzige, das sie nicht selbst bestimmen konnte. Die anderen Probleme, die so ab und an im Leben auftauchten, konnte man versuchen zu lösen oder man machte eben das Beste daraus.

Bob machte sich sofort an die Arbeit. Das Haupthaus musste von all dem Ungeziefer befreit und gereinigt werden. Mit dem Hochdruckreiniger ging's los. Pina war noch immer in der Schweiz gemeldet. Nie hätte sie gedacht, dass sie sich einmal von der sicheren, sauberen Schweiz abmelden würde. Sie dachte sich, dass sie mindestens 8- bis 10-mal im Jahr in die Schweiz fahren würde.

Aber dieser Plan ging nicht auf. Mit der Zeit kamen immer mehr Angelegenheiten auf sie zu, die sie vorab nicht bedacht hatte.

Sie hatte den Vertrag unterschrieben, dann kam schleichend dies und das dazu.

Alles in allem hatte Pina zwei Deutsch sprechende Anwältinnen zur Seite und der Schafbauer wurde von seinem Sohn begleitet, der natürlich ein wenig lesen und schreiben konnte. Denn auch der Sohn war die ganze Kindheit zusammen mit seinem Vater mit den Schafen auf dem hügeligen Land in der Gallura unterwegs.

Diese Bauern erhielten nach jahrelanger Arbeit dieses Land zugesprochen. Das war damals so geregelt.

Irgendwann später erfuhr Pina, dass sie noch 30 Schafe besitzen würde. Sie sei eine Schafbäuerin. Dieses Schreiben kam vom Verkäufer. Doch die Schafe hat sie nie gesehen. Pina wollte als Kräuterbäuerin registriert werden. Das war so vereinbart.

Irgendwann später war sie Honigbäuerin, bis sie endlich ihren offiziellen Status als Kräuterbäuerin bekam. Das dauerte aber ein paar harte Jahre. Viel später konnte sie dann den offiziellen Kräuterbauervertrag akzeptieren und auch unterschreiben. Sie wollte später Kräuter anbauen, also wollte sie auch mit dem richtigen Titel offiziell eingetragen werden. In der Zwischenzeit wurden mit Freuden diese Kräuter gepflanzt und geerntet. Ebenfalls wurden aus den vielen Mirtobüschen die Beeren geerntet und Pina machte daraus den wunderbaren Mirto (Dessertwein). Sie mochte es, ihr eigenes Rezept zu verwenden. Mit viel, viel weniger Zucker als die Sarden verwenden. Die lieben es, wenn es so richtig süß schmeckt. Dann hatte sie noch ein geheimes Kräutchen, das sie niemandem verriet, das dann in einige dieser Mirtoflaschen kam. Dieser Mirto schmeckte dann speziell und gut.

Es blieb ihr Geheimnis. Auch hatten Pina und Bob auf dem neuen Anwesen viele Gorbezzolobäume(Erdbeerbaum). Pina erfreute sich jedes Mal an ihnen, wenn diese Gorbezzolo zu blühen begannen. Gelbe, orangene und rote kleine Kugeln hingen dann an den Bäumen, die die Landschaft mit den klaren Farben zierten. So pflückte Pina auch diese Frucht und verarbeitete sie zu feiner Konfitüre. Die Honigbauern rund um das Gebiet hatten viele Bienenvölker und somit entstand bei den Bauern dieser wunderbare Gorbezzolo-Honig. Da Pina auf ihrem Land unendlich viele Rosmarinsträucher besaß, gab es auch hier genug Arbeit. Sie sammelte die Rosmarinnadeln und bereitete daraus zusammen mit dem frischen Meersalz ein köstliches Rosmarinsalz. Es gab noch unzählige weitere Kräuter bei Pina auf dem Land. Sie dachte, dass sie mindestens nochmals 100 Jahre leben sollte, damit sie alles umsetzen könnte, was sie noch vorhätte.

Öffentliche Wasserversorgung

Bis Pina und Bob den Umzug planten, wohnten sie im unfertigen Stazzu, das Pina gekauft hatte. Es gab noch kein Wasser und keine Heizung. Bis zum Haus wuchs die Macchia kreuz und quer und die Wildschweine kamen abends bis vor die Haustür. Zum Pinkeln mussten Pina und Bob nach draußen gehen.

Die tägliche Toilette erledigten sie mit stillem Mineralwasser. Es war Dezember und kalt. Damit die beiden sich in dieser Zeit ein wenig aufwärmen konnten, mieteten sie sich für zwei Nächte ein B&B mit einer spärlichen Heizung in einem nahe gelegenen Dorf.

Mit dem Sohn des Verkäufers konnten sie in die nächste Stadt fahren, denn dort befand sich das Hauptbüro des Wasserwerks.

Es waren inzwischen fünf Wochen vergangen und es gab immer noch kein Wasser. Wie beim Doktor oder bei der Post waren auch da bereits 13 Menschen in der Warteschlange. Bob, der nicht sehr geduldig war in solchen Angelegenheiten, ging immer wieder nach draußen, um eine Zigarette zu rauchen. Pina holte sich das Handy aus der Tasche und begann via App Italienisch zu lernen. Endlich waren Pina und Bob an der Reihe. Aber es war zu spät. Der Capo wollte die Tür schließen und Mittagspause machen. Doch Bob war schneller und stellte seinen Fuß zwischen die Tür und den Türrahmen. Bob wurde sehr laut. Der Sohn des Verkäufers erschrak und sprach mit seinem Dialekt aus der Gegend auf den Chef ein. Anscheinend hatte es funktioniert. Pina und Bob kamen doch noch an die Reihe und konnten den Vertrag mit dem Wasserwerk unterzeichnen. Spätestens da begriffen

Pina und Bob, dass die Uhren auf Sardinien anders tickten als in der Schweiz.

Bald kam auch der Installateur und schloss den Durchlauferhitzer an. So hatten die beiden endlich nach etwa fünf Wochen in Sardinien ihr Wasser. Auch Holz konnten sie bei einem Bauern kaufen. So konnten sie auch endlich im Kamin Feuer machen. Im Haus war es sehr kalt. Pina trug Moonboots mit einer Wärmesohle als Hausschuhe.

Ja, Sardinien lebt auch in der Winterzeit. Der Rücken von Pina schmerzte und sie wärmte ihn mit ihrem Nierenwärmer, den sie sich ebenfalls jeden Tag anzog. Auch Pinas Kopf schmerzte immer noch sehr stark. Sie war im Auto nicht angeschnallt gewesen, als Bob wegen einer Katze eine Vollbremsung machen musste. Pina flog gegen die Windschutzscheibe, die sofort splitterte.

Pina hatte einen Schock. Bob fuhr bei der nächsten Gelegenheit rechts ran. Pina öffnete die Autotür und stürmte auf einen Baum zu. Diesen umschlang sie mit ihren Armen und wollte ihn nie mehr loslassen.

Sie spürte, dass in ihr etwas zerbrochen war. Sie hatte sehr starke Kopfschmerzen. Der Baum gab ihr in diesem Moment Halt, Kraft und Geborgenheit.

Sie wollte nicht mehr ins Auto zurück.

Bob, ebenfalls geschockt, sprach noch nie in seinem Leben solch leise Worte.

Er wollte einfach Pina beruhigen. Pina ließ sich aber nicht beruhigen. Sie war erschöpft und dieser Unfall prägte ihr weiteres Leben. Es verging eine sehr lange Zeit, bis Pina keine Kopfschmerzen mehr hatte und sich ihr Kopf endlich von diesem Unfall erholte.

Draußen konnte sich Pina mit ihren kalten Händen den Kopf kühlen. So hatte sie eine Win-win-Situation. Der Schmerz vom Kopf konnte sich einen Moment durch die kalten Hände beruhigen und die Hände konnten sich an der Stirn von Pina erwärmen.

Eines Abends fuhren die beiden ins nächste Dorf, das 30 Minuten Autofahrt entfernt war. Sie gingen eine Pizza essen. Es hatte nur ein kleines Restaurant offen. Ungemütlich und ebenfalls kalt. Wie es eben so ist. Auf Sardinien gibt es in vielen öffentlichen Räumen keine Heizung.

Bob wollte bezahlen, doch das Gerät für die Kreditkarte war defekt. Bob und Pina hatten kein Bargeld dabei. Der Wirt sagte, sie könnten morgen bezahlen. Doch die beiden sahen ihm an, dass er nicht daran glaubte, dass er diesen Betrag jemals bekommen würde. Am anderen Tag gingen die beiden wieder dorthin, um die Rechnung zu begleichen. Der Wirt flippte fast aus, als er die beiden sah. Er hatte nicht erwartet, dass er sein Geld tatsächlich am nächsten Tag bekommen würde. Er offerierte Bob ein Ignusa und Pina hätte einen Kaffee bekommen, wenn sie es gewollt hätte. Später erfuhren die beiden, dass es normal sei, dass im Winter auf Sardinien die meisten Geräte nicht funktionieren. Die Sarden wollen Bargeld. Mit Kreditkarte konnte man nur in der Saison bezahlen, wenn die Touristen wieder auf der Insel waren.

Eines sehr frühen Morgens erwachte Pina. Im Halbschlaf hörte sie einen weichen, tiefen, ruhigen Ton. Sie dachte, das seien sicher junge Wildschweinchen, die ums Haus herum liefen. Das Fenster stand offen. Pina wurde immer munterer und der angenehme Ton wurde immer deutlicher und klarer. Sie wollte diese jungen Tiere unbedingt vom Fenster aus anschauen. Bis dahin hatte sie noch nie Wildschweine aus nächster Nähe gesehen. Der Ton war aber ganz nahe an ihrem Ohr. Und da erkannte Pina: Es waren keine Wildschweinchen, es war Bob, der neben ihr lag und schnarchte. Pina war etwas enttäuscht, musste aber schmunzeln ob ihrer Idee. Aber trotzdem, Pina war angenehm und friedlich erwacht und in den Tag gestartet. Auch die Kopfschmerzen waren das erste Mal weg. Pina war zu Hause angekommen. Die Sonne schien und der Himmel zeigte wunderschöne Zeichnungen.

Es kamen viele Arbeiter auf das Anwesen, um die drei Ställe umzubauen. Auch im Haus selbst mussten sie vieles verändern. Jeden Tag diese Handwerker, das war alles andere als angenehm. Die Aussicht über das weite Meer und über die Hügel der Gallura entschädigte für alle Unannehmlichkeiten, es war wunderschön.

Jeden Abend saßen Pina und Bob vor ihrem Haus und schauten auf das unendliche Meer hinaus. Sie waren so dankbar und glücklich, hier auf Sardinien zu sein. Trotz all dieser vielen Arbeit und der vielen Aufgaben, die den beiden gestellt wurden.

Am Sonntag, es war Dezember, gingen Pina und Bob ins nächste Dorf. Dort auf der Piazza Principale saßen sie draußen in der Central Bar. Am Nebentisch saßen drei Leute und sprachen Deutsch. Es stellte sich heraus, dass zwei von diesen dreien Pina und Bobs Nachbarn waren. Das war eine Freude. Sie tauschten ihre Nummern aus und Pina lud die drei zum Nachtessen ein. Für Pina war es eine große Erleichterung, diese Menschen zu kennen. Auch wenn sie zu diesem Zeitpunkt die meiste Zeit in der Schweiz lebten, so gab es ihr ein gutes Gefühl zu wissen, dass Leute, die ihre Sprache sprachen, ab und zu in der Nähe waren. Und zudem waren diese Leute sehr nett. Pina mochte sie.

Das Wetter wechselte hier auf der Insel sehr schnell. Wenn die Sonne schien, wurde es sofort warm. Doch gab es auch düsteres Wetter mit heftigem Wind und Regen. Dann wurde es sehr schnell kalt und unangenehm. Besonders für Pina und Bob, die immer noch keine Heizung hatten.

Es wurden Offerten eingeholt für die Maurerarbeiten, den Plattenleger, den Elektriker usw. Pina spürte wieder einen gewaltigen Druck in ihrem Kopf. Sie meinte, das könne auch von dem Wetter kommen und nicht von ihrem Unfall.

Am anderen Tag gingen die beiden zur Gemeinde. Sie mussten die Abfallentsorgung organisieren. Das schien aber gar nicht so einfach zu sein. Da sie in der Campagna lebten, gab es weder eine Adresse noch war sonst irgendetwas organisiert. Das hügelige Land wurde jahrelang von Schafbauern bewirtschaftet. Außer der Macchia und den Granitfelsen gab es in dieser Gegend nicht allzu viel Fortschrittliches. Das alte Gemeindehaus war nicht sehr einladend. Es gab eine Art Rezeption mit einer Klingel. Durch die Scheibe sah man in das spärlich eingerichtete unordentliche Büro. Es saßen zwei dicke unfreundliche Frauen dort, die sich angeregt miteinander unterhielten. Bob klingelte. Es gab weder von der einen noch der anderen unfreundlichen Frau eine Regung. Nach einiger Zeit klopfte Pina an die Tür. Auch da reagierte keine der beiden Frauen. Ihr Gespräch musste anscheinend viel interessanter sein als die beiden Ausländer, die ihnen bestimmt nur Arbeit bescheren würden. Bob hatte keine Geduld mehr und ging einfach rein. Grimmig erklärte die eine, dass sie für ihr Anliegen in den oberen Stock gehen müssten. Zumindest bekamen die beiden eine Information. Also gingen Bob und Pina nach oben und fanden auch die zuständige Person. Irgendwie kam es Pina vor, als ob hier auf dieser Gemeinde alles nur eigenartige Statisten arbeiteten, die eine ungewollte Rolle spielten. Der Herr war aber im Gegensatz zu den beiden Frauen sehr nett und hilfsbereit. Er gab Pina einen Zettel mit den Daten, dass sie doch bald fünf Container bekommen sollte. Die Gemeinde werde diese Container auf ihr Anwesen bringen. Das war schon mal etwas. Dieses Gemeindehaus wurde zu einem späteren Zeitpunkt renoviert und sieht nun viel freundlicher aus.

Sie gingen noch am gleichen Tag zur Post. Dort war ebenfalls ein sehr netter, hilfsbereiter Mann. Auch da herrschte ein riesiges Durcheinander. Es gab hinten eine Holzwand mit diversen abgeteilten Fächern. In diesen Fächern befanden sich stapelweise Briefe. Da es anscheinend in der Campagna noch keine Adressen gab, musste man die Post selbst abholen gehen. Für Pina war nichts dabei. Für sie war klar, dass

sie so schnell wie möglich zu einer Adresse kommen musste, wo sie zuverlässig ihre Post aus der Schweiz bekommen
konnte. Ein Nachbar, der weiter oben wohnte, erlaubte Pina,
sich ihre Post in sein Fach zu bestellen. Das tat sie sofort.
Von da an kam dieser Mann fast jede Woche, manchmal sogar täglich bei Pina vorbei und brachte ihr ihre Post mit. Es
war für Pina selbstverständlich, dass er jedes Mal einen Tee
oder einen Kaffee bekam. Auch lud Pina diesen Mann immer
wieder zum Nachtessen ein. Er lebte seit einem Jahr allein,
da seine Frau verstorben war. Irgendwie wurde es Pina unangenehm, denn dieser Mann stand immer wieder und aus
heiterem Himmel vor ihrer Glastür. Das Problem löste sich
aber nach einiger Zeit fast von selbst. Dieser Mann erklärte
Pina, dass er Alzheimer hätte. Bob glaubte von Beginn an diesem Mann kein Wort. Und Pina vermisste wichtige Post aus
der Schweiz. Und es bestand der Verdacht, dass dieser Mann
die Post von Pina einbehielt. Er stritt aber alles ab. Doch eines Tages kam sein Sohn zu ihm zu Besuch. Beide waren bei
Pina und Bob zum Nachtessen eingeladen. Der Sohn trug
einen großen Stapel Post, die an Pina adressiert war, unter
dem Arm und brachte Pina diese Briefe. Am anderen Tag gingen Bob und Pina zum Posthalter und verboten ihm, jegli-
che Post, die an Pina adressiert war, diesem Mann mitzuge-
ben. Von da an hatte Pina wieder regelmäßig ihre Briefe, die
an sie adressiert waren, bekommen Und dieser Mann wurde
nicht mehr eingeladen.

Pina und Bob waren bereits seit einigen Monaten auf Sardini-
en. Sie konnten endlich das Auto in ein nahe gelegenes Dorf
bringen, wo es eine Garage gab, die die Windschutzscheibe,
die Pina mit ihrem Kopf gesplittert hatte, reparieren konnte. Diese Garage war sehr beliebt, denn sie hatten einen Deal
mit dem Touring Club in der Schweiz. Schon ein paar Mal
hatten Pina und Bob den Touringclub in Anspruch nehmen
müssen, als sie immer wieder durch die Insel fuhren. Jedes

Mal bekamen sie einen prompten Service. Pina liebte diesen Touringclub. Sie hatte den Eti-Schutzbrief, der im Ausland sehr wertvoll war. Von da an gingen sie, wenn etwas an ihrem Auto zu reparieren war, zu dieser Garage. Der Familienbetrieb war sehr freundlich und die Garage war ordentlich aufgeräumt und sauber. Die Arbeiter wussten Bescheid und es wurde auch sehr gute Arbeit geleistet. Es gab dort sogar Mechaniker, die noch mit ihren Ohren auf die Geräusche der Motoren hörten, um eine „Krankheit" des Autos zu diagnostizieren, obwohl alles sehr modern eingerichtet war.

Die Familie wollte sogar ihr Haus am Meer an Pina und Bob verkaufen. Doch die beiden hatten ihr Anwesen bereits.

Pina und Bob arbeiteten viel. Es gab anfänglich keine Meersicht von ihrem Anwesen aus. Bob kaufte sich eine Motorsäge und fing an, all die Büsche, Macchia usw. herauszuschneiden. Pina zog all die vielen langen Äste weg und machte einen Riesenhaufen. Alles wurde dann verbrannt. Auch zierte sich Pina nicht, mit dem Pickel viele unnötige Wurzeln auszugraben. So machten die beiden mehr und mehr Platz und schufen sich ein wunderschönes Anwesen. Schon bald konnten sie den atemberaubenden Blick aufs Meer genießen. Pinas Rücken fing an zu schmerzen. Auch schufen sich die beiden einen wunderschönen Eingang. Die Einfahrt vor dem Tor wurde mit verschiedenen Pflanzen bestückt. Ebenfalls wurden Kakteen gesetzt. Rechts und links vom Tor gab es jeweils einen Bougainvilleastrauch. Diese violetten Blüten zeigten sich schon bald in ihrer wunderbaren Pracht. Der Elektriker schloss das Tor bei der Einfahrt an und installierte im Haus eine Kamera. So konnte man jetzt per Knopfdruck das Tor vom Anwesen aus bedienen.

Die Arbeiten im und ums Grundstück gingen voran. In der ersten Zeit wusste Bob noch nicht so genau, wie er mit all den Maschinen zurechtkommen sollte. Die Motorsäge war in kurzer Zeit defekt. Es dauerte eine ganze Weile, bis er all diese Maschinen im Griff hatte.

Die Arbeiter waren bei den Ställen beschäftigt. Dort gab es weder Wasser- noch Stromanschlüsse. Alles musste neu installiert werden. Es wurden viele Rohre und Kabel verlegt, bis der Boden endlich mit dem Beton gegossen wurde.

Vorab mussten Pina und Bob diese Ställe ausräumen. Diese Ställe waren zehn Jahre lang nicht bewohnt gewesen, ebenfalls das Haus. Es war klar, dass die beiden zuerst allen angehäuften Müll entsorgen mussten. Leider kam bei ihnen die Müllabfuhr immer noch nicht und die Gemeinde hatte die offiziellen Abfallcontainer immer noch nicht geliefert. Also fuhren Pina und Bob diesen ganzen Müll immer wieder selbst zur Mülldeponie. Dort gab es jedes Mal ein riesiges Geschimpfe von der Aufsichtsperson. Das könne man nicht hier entsorgen, dies ginge auch nicht usw. Einmal fuhren die beiden mit sechs Kübeln alter vertrockneter Farbe zur Mülldeponie, die der Vorbesitzer einfach liegen gelassen hatte. Der Aufseher dort sagte ihnen, dass sie diese nicht abliefern könnten. Bob wollte wissen, wo er denn mit diesem Müll hinsolle. Der Aufseher sagte, er solle alles einfach auf die Wiese oder in den Wald schmeißen. Bob war so empört, dass er einwilligte und den Kübel, den er bereits in den Händen hielt, auf die Wiese neben der Deponie schmeißen wollte. „Halt, nicht hier!", schrie der Mann. Er war so wütend. Also gingen Pina und Bob wieder weg, aber nur bis vor das Tor der Deponie. Dort stellten sie alle Eimer schön geordnet hin und fuhren weg. Pina ging am anderen Tag schauen: Es war alles weggeräumt. Wohin, das sei dahingestellt. Die wissen selbst nicht, was sie mit all dem Müll machen sollen, dachte Pina. Einmal sagte ihnen einer, dass sie alles in den großen grünen Container werfen sollten, dann war es weg und man sah nichts mehr. Tja, auch eine Möglichkeit der Entsorgung. Immer wieder fuhr Pina zu dieser Deponie. Jedes Mal musste sie ihren Codices Fiscale angeben. Jedes Mal schimpfte der Aufseher der Deponie, dass sie zu viel Müll bringe. Doch er erbarmte sich Pina und sie durfte jedes Mal den ganzen Müll dort abliefern. Pina, die noch nicht die italienische Sprache sprach, erklärte dem Aufseher, wie er sein Handy mit dem Übersetzer benutzen konnte. Von da an war Pina bei ihm willkommen. Jedes Mal fing er über den Übersetzer ein Gespräch mit Pina an. Fortan konnte sie allen Müll bringen, ohne irgendeine Mahnung zu bekommen.

Pina und Bob mussten sich mit dem Thema Abfall auseinandersetzen. Es gab so viel Müll auf dem Anwesen und in den drei Ställen. Der Müll, den sie zusammensuchten und ordentlich vor das Tor stellten, wurde nicht mitgenommen. Die Müllabfuhr kam in regelmäßigen Abständen vorbei. Regelmäßig war eigentlich schon übertrieben. Wenn man Glück hatte und so einigermaßen gewillte Arbeiter die Müll-Tour machten, war das schon viel zu diesem Zeitpunkt. Später war dann auch dieses Problem gelöst. Pina musste zur Gemeinde gehen, um da ebenfalls einen Vertrag abzuschließen. So kam es auch, dass zuerst eine Rechnung kam, um die Müllabfuhr zu bezahlen. Doch Pina schrieb der Gemeinde einen Brief. Sie bezahle erst, wenn die Gemeinde ihre Pflicht erfüllt und bei ihr den Müll abgeholt hat. Also kamen Pina und Bob endlich zu ihren farbigen Containern. Der braune für Papier, der gelbe für das Glas, der blaue für Plastik, der schwarze für Restmüll. Biomüll gab es nicht, da sie hier in der Campagna lebten. Von da an funktionierte es mit der Müllabfuhr und Pia zahlte auch die Rechnung.

Alles hatte seine Ordnung.

Fischessen

Bei den Ställen kamen vorne große Fensterfronten hin. Das war natürlich klar, denn dieser Ausblick direkt über das Meer und dieser phänomenale Sonnenuntergang sollten zu jeder Zeit sichtbar sein. Also wurden diese riesigen Fensterscheiben montiert. Da der Eingang zu den entstehenden Wohnungen vorab der Eingang in den Stall war, gab es noch große braune Schiebetore. Diese montierte Bob ab und schliff sie zu neuen Türen, die er dann mit weißer Farbe übermalte. Diese Tore kamen dann nicht wie zuvor innen, sondern außen hin, sodass man jede Wohnung vor neugierigen Blicken schützen konnte, wenn man das wünschte.

Der Fensterbauer sagte eines Tages zu Bob, dass er fischen ginge. Wenn er etwas fangen würde, würde er anrufen und ihn und Pina zu einem Fischessen einladen. So ein richtiges sardisches Fischessen. Es wären nur Sarden da, seine liebsten Freunde. Tatsächlich kam am anderen Tag dieser Anruf. Pina und Bob waren das erste Mal zu einem offiziellen, sardischen Essen eingeladen. Das Essen fand auf einer großen Pferdefarm statt. Vor der Cantina war ein mittelalterlicher Sarde, der einen großen Topf über dem Feuer bewachte. Er kochte die Fischsuppe für die etwa 20 Leute, die geladen waren. Es roch köstlich. Weitere Fische wurden von den Frauen mit Mehl, Gewürzen und viel Salz zubereitet und im Inneren der Cantina in einem weiteren Topf frittiert. Es waren alles Sarden in dem Raum, außer Pina und Bob, die beiden Ausländer. Es gab einen ellenlangen Tisch. Die Cantina war einfach und karg eingerichtet. Pina und Bob setzten sich. Links von Bob waren bereits einige männliche Sarden platziert. Da kam eine kleine, zierliche Frau und sagte höflich, dass Pina und Bob den Platz wechseln sollten. Sie möchte sich da hinsetzen, weil sie den Service machen würde. Pina und Bob standen natürlich auf und setzten sich weiter unten am Tisch hin. Es war ihnen erst später klar, dass es eine altertümliche Sitzordnung gab. Links am Tisch saßen die Männer und oben am Tisch saßen die Frauen. Es wurde zuerst zweimal Fisch serviert, aber nur für die Männer. Die Frauen schwatzten ununterbrochen über Dinge, von denen Pina annahm, dass sie gar nicht so wichtig waren. Doch diese Gespräche gaben dem ganzen Essen und der Zusammenkunft eine wichtige Präsenz. Für Pina schien es so, dass sich die Frauen an dieser Verteilung der Fische oder dem Essen nicht störten. Es war einfach so. Pina und Bob waren perplex. Tatsächlich aßen zuerst die Männer den Fisch. Erst nach dem zweiten Gang bekamen die Frauen auch einen Fisch auf den Teller. Alles wurde auf Plastiktellern und mit Plastikbesteck serviert. Die Fischsuppe war köstlich. Sehr scharf mit Brot und auf dem Tisch waren Salzwürfelchen, die man in die Suppe geben konnte. Pina fühlte sich nicht so sehr wohl unter diesen Leuten. Bob verstand den Dialekt von den Menschen der Gallura überhaupt nicht. Sie waren klar die Ausländer. Es war eine schöne, interessante Einladung und eine nette Geste des Fensterbauers. Warum er diese beiden eingeladen hatte, das wusste Pina nicht ganz genau. Er war ein hübscher Sarde mit langen Haaren und seine Größe entsprach nicht der eines Sarden. Er war sehr groß, die Sarden selbst bezeichnete man eher als kleinwüchsig. Die Frau des Fensterbauers verstarb vor einem Jahr. Er hatte drei erwachsene Kinder. Schon bald wollte er endlich sein Geschäft den Jungen übergeben. Er besaß noch eine Fattoria auf dem Land und wollte das Leben genießen. Zusammen mit seinen Tieren. Von da an sahen Bob und Pina diesen Fensterbauer nicht mehr. Ab und an fuhr sein großes Auto an ihnen vorbei und man winkte sich zu.

Am anderen Tag pflanzten Pina und Bob die Königskakteen auf ihrem Anwesen. Da Bob schon viel Gestrüpp herausgeschnitten hatte, sah man mittlerweile bereits das Meer. Unten im Land kamen durch die Räumung mit der Motorsäge viele wunderschöne Granitfelsen zum Vorschein. Niemals hätte man hier so viele Granitfelsen vermutet. Die Königskakteen bekamen zwischen solchen Felsen ihr neues Zuhause.

Immer im Januar begannen diese orangefarbenen Kakteen auf Sardinien zu blühen. Dieses Farbenspiel zusammen mit den Granitfelsen war eine reine Augenweide. Jedes Jahr von Neuem.

Knickohr

Seit Pina und Bob auf diesem Anwesen wohnten strich immer wieder eine graue Katze um das Anwesen herum. Pina und Bob tauften sie Knickohr. Sie hatte ein Ohr, das geknickt nach unten hing. Es war eine verwilderte, herrenlose Katze. Anfänglich bekam sie kein Futter von den beiden. Doch eines Tages gab ihr Bob ein kleines Stück Käse. Knickohr schlang diesen Käse sofort gierig herunter. Sie wollte mehr. Nun gab es aber einen Disput zwischen Beterli, der Katze aus der Schweiz, und diesem Knickohr. Wahrscheinlich hatte das Knickohr schon seit einiger Zeit hier auf dem Anwesen gelebt und wollte jetzt ihren Platz verteidigen. Leider wollte Knickohr Beterli immer wieder fortjagen. Es gab Kämpfe. Beterli musste sich schon richtig wehren. Knickohr wollte bei Pina und Bob bleiben.

Beterli hatte nie einen Kratzer davongetragen. Ganz im Gegensatz zu Knickohr. Obwohl sie ja eine wilde Katze war, hatte sie regelmäßig Kratzspuren im Gesicht. Beterli war eine richtige Kämpferin, obwohl sie von ihrem Charakter her ein sehr friedliches, ruhiges Tier war und lieber allem aus dem Wege ging, bevor sie sich stritt.

Eines Abends, als Pina in den Ställen Holz für den Ofen im Haus holen wollte, beschlich sie ein ganz eigenartiges Gefühl. Sie hatte die Schubkarre vor sich stehen und lud die Holzstücke in die Karre. Es war bereits dunkle Nacht. Irgendwie spürte Pina eine unangenehme Kraft an ihrem Rücken. Als ob sie jemand beobachten würde. Es war ein unangenehmes Gefühl und Pina wagte sich nicht zu bewegen. Doch sie musste zurück ins Haus. Sie dachte, es stehe ein Mensch in der Nähe und beobachtete sie. Also nahm Pina ihren ganzen Mut zusammen und schob die Schubkarre mit dem Holz vor sich her und eilte zum Haus. Dort ließ sie die Karre stehen und rannte zur Tür. Als sie drin war, sah sie die graue Katze auf sich zu springen. Sofort warf Pina die Tür zu. Die Katze blieb draußen. Pina hatte einen Riesenschrecken bekommen. Sie war sehr erstaunt, dass diese Katze eine solche negative und starke Ausstrahlung hatte. Pina wusste nun, dass dieses Tier nichts Gutes im Schilde führte. Es war eine Katze, doch Pina kam es vor, als ob die Katze das Böse dieser Liegenschaft in sich trug. So, als ob alle unguten Geister diese Katze beseelten. Von da an war Pina sehr vorsichtig, wenn diese Katze in der Nähe war. Pina war froh, dass sie jetzt im Haus war. Bob holte dann das Holz herein und sie konnten ein warmes Feuer im Ofen machen.

Mehr zu schaffen machte das Knickohr Beterli, der Katze aus der Schweiz.

Beterli hatte sich sehr gut auf Sardinien eingelebt. Sie erkundete die Landschaft und kam meistens sehr früh wieder ins Haus und legte sich zufrieden hin, um ihren Katzenschlaf zu genießen. Frühmorgens so gegen 4 Uhr verließ sie das Haus und ging nach draußen. Sie jagte Eidechsen und Mäuse und brachte Vögel nach Hause, die sie mit Wonne verspeiste.

Eines Tages morgens um 7:30 Uhr miaute Beterli die ganze Zeit. Sie wollte Pina etwas mitteilen. Vielleicht hatte sie Sehnsucht nach der Schweiz. Vielleicht wollte sie Katzenfreunde haben. Pina wusste es nicht. Doch am Nachmittag entdeckte Pina das Knickohr, die wilde, böse Katze, bei den Ställen. Das Böse ist wieder da, dachte Pina. Pina hatte das Gefühl, dass diese Katze sehr viel in sich trug. Viel Ungutes, das Pina und Bob nicht auf ihrem Anwesen haben wollten, ebenfalls Beterli nicht. Bob versuchte einmal mehr, diese Katze zu vertreiben. Doch sie kam immer wieder. Es war schließlich auch ihr Revier, das sie verteidigen wollte. Zusammen mit Beterli waren Pina und Bob die Eindringlinge, nicht sie. Beterli hatte wirklich ein schweres Leben mit dieser Katze. Es gab immer wieder von Neuem Kämpfe zwischen den beiden. Doch

Beterli gab nicht auf und ließ sich nicht vertreiben. Sie war schlau genug und wusste sich zu wehren. Eines Tages, als Pina und Bob vom Dorf zurückfuhren, sahen sie oben an der Einfahrt bei der Hauptstraße eine tote Katze liegen. Sie musste von einem Auto angefahren worden sein. Bob fuhr langsam und Pina sah, dass es das Knickohr war. Eine Erleichterung machte sich bei den beiden breit. Nun war das Problem von dieser Katze gelöst.

Beterli

Beterli hatte sich also an die neue Umgebung gewöhnt. Für Beterli fing eine neue Zeit an. Sie konnte sich frei bewegen und war glücklich. Wie ein kleines Hündchen lief sie Pina überall hin nach. Auch wenn sie Bob erblickte, huschte sie schnell zu ihm. Beterli war überall präsent. Sie genoss es, mit Pina und Bob das Land zu erkunden. Sie liebte es, in der Sonne in Ruhe zu schlafen. Die frischen Mäuse, Vögel und ab und zu auch eine Schlange gehörten zu Beterlis Speiseplan genauso wie die Eidechsen. Beterli freundete sich tatsächlich mit einem wilden Hasen an. Dieser Hase kam andauernd.

Wenn Pina und Bob mal ins nahe gelegene Dorf fuhren und spätabends nach Hause kamen, sahen sie diese beiden im Scheinwerferlicht vor dem langsam fahrenden Auto umherhuschen. Sie spielten zusammen. Diese Tierfreundschaft dauerte eine lange Zeit. Es war schön, den beiden zuzuschauen.

Doch die geliebte Freiheit von Beterli hielt nicht lange an.

Hunde

Irgendwann entschlossen sich Bob und Pina, endlich wieder einen Hund zu haben. Auf solch einem großen Anwesen brauchte es einen Wächter. Auch mussten die vielen Wildschweine, die wirklich eine Plage waren, vertrieben werden. So kam es, dass eine sardische Familie einen Wurf von neun Welpen abgeben wollte. Pina wollte zuerst nicht einwilligen. Nicht, weil sie keinen Hund wollte, nein, weil sie wusste, dass Beterli vor Hunden Angst hatte. Doch dann fuhren die beiden zu dieser Familie. Sie entschieden sich für zwei kleine lustige Welpen. Der Vater war ein weißer Maremmano und die Mutter eine elegante sardische Jagdhündin. Sie wählten den kleinen Schwarzweißen und die kleine Weißbraune aus. Es dauerte dann nochmals sechs Wochen, bis sie diese beiden Knäuel von Hunden nach Hause mitnehmen konnten. Wie zwei kleine Spielbälle saßen sie neugierig im Auto von Pina und Bob. Von da an veränderte sich das Leben von allen beteiligten Menschen und Tieren auf dem Anwesen. Beterli sprang weit weg. Sie wollte von den Hunden nichts wissen.

Bob baute für die Hundebabys eine riesige Hütte, die in zwei Abteile unterteilt wurde. Drum herum gab es einen Zaun. Vorerst blieben die beiden da drin. Die Hunde mussten leider, Pina hätte sie liebend gerne im Haus gehalten, draußen bleiben. Sie sollten doch später das Anwesen bewachen. Die beiden kleinen Hunde verloren sich fast in diesem großen Hundehaus. Sie mussten anfänglich nur nachts dort hineingehen, oder wenn Bob und Pina das Anwesen verließen. Den ganzen Tag konnten sie spielen und die Welt rund um das Haus und auf dem Land erkunden. Pina erzog die beiden Hundebabys sehr streng. Doch sie bereiteten viel Freude.

Beterli zeigte sich nicht mehr. Es nützte auch nicht, wenn sich Pina und Bob die Zeit nahmen und mit ihr auf dem Arm zu den Hundebabys gingen. Beterli kratzte den kleinen Welpen ins Gesicht und damit hatte es sich. Die Sache war erledigt. Beterli verkroch sich immer mehr. Sie lief weit weg und kam erst wieder, wenn die Hunde im Gehege waren.

Rote Katze

Irgendwann entdeckte Pina eine gefleckte, wunderschöne, riesige Katze. Zumindest kam es Pina so vor, als ob diese Katze eine enorm große Erscheinung ausstrahlte. Diese bekam, wie damals das Knickohr, nach einiger Zeit Futter. Von da an hatte es Beterli noch schwerer. Diese neue Katze fing an, den ganzen Platz für sich zu beanspruchen. Beterli hatte auch hier keine Lust, sich mit dieser neuen Katze anzulegen. Sie ging ihr aus dem Weg. Doch die neue Katze passte Beterli an jeder Stelle ab und wollte sie verjagen. Aber Beterli hielt stand. Sie war sehr schlau und fand immer wieder ein neues Versteck. Pina hörte ab und an den Streit zwischen den beiden. Das war jedes Mal sehr unschön. Doch Beterli hatte nie auch nur eine noch so kleine Schramme. Die wilde, rot-weiße Katze hingegen bekam immer wieder Kratzer ab.

Die Bauarbeiten gingen voran. Der ewige Mistral ging den beiden so langsam, aber sicher auf die Nerven. Wie ein wütiger Tiger heulte der Wind durch die Gegend. Das Wetter spielte leider nicht mit. Sobald der Mistral nachließ, kam der Regen. Es war kalt und Pina fror die ganze Zeit. Eigenartig, Sardinien wird ja überall mit Sonne, blauem Meer und strahlend blauem Himmel assoziiert.

Tja, auch bei den Sarden gab es Winter. Nur ohne Schnee. Zwar behaupteten sie, dass sie immer wieder Schnee hätten. Und es gab sogar Fotos, auf denen Schnee zu sehen war. Doch Pina und Bob, die von Kindsbeinen an gewohnt waren, Schnee in der Schweiz zu genießen, schmunzelten natürlich ob dieser Freude der Sarden. Man sah auch überall Straßenschilder, die vor Schnee warnten.

Pina saß viel vor dem Computer und warb schon auf verschiedenen Plattformen für ihre Ferienwohnungen. Sie hatte Freude daran und hoffte natürlich auf viele Anmeldungen, obwohl die Wohnungen noch nicht fertiggestellt waren.

Pina und Bob arbeiteten viel. Die Ställe wurden geräumt und außen herum wurde die Landschaft gesäubert. Beiden schmerzte der Rücken. Aber sie machten weiter.

Der Geometer und ein Geologe mussten auf Anweisung von Bob und Pina nochmals die Landesgrenze ausmessen. Denn Bob und Pina wollten sichergehen, wo genau die Grenze von ihrem Anwesen enden würde. Also machten sich diese zwei Herren an die Arbeit, um die Grenze zum Nachbarn genauestens auszumessen. So auf jeden Fall dachten es Pina und Bob. Sie bekamen von dem Geometer und dem Geologen den neu vermessenen Plan und waren zufrieden.

Schweizer

Die beiden Schweizer, die einige hundert Meter entfernt von Pina und Bob ihr Ferienhaus hatten, kommen zu Besuch. Sie brachten 50 Knollen Safran als Geschenk mit. Pina war sehr erstaunt. Pina hatte ihnen von ihrem Vorhaben, Safran anzupflanzen, erzählt. Dann bekamen sie noch zwei Tomatenstauden, zwei Wassermelonen, zwei Maisstauden und drei Kürbisstauden von ihnen. All das wurde mit Freuden in die Erde gesetzt. Die Erde auf dem Anwesen war unsagbar gut. Eine gesunde Erde mit vielen Nährstoffen. Aber auch mit sehr viel Unkraut. Pina war die meiste Zeit damit beschäftigt, Unkraut zu entfernen. Von morgens bis abends war sie am Jäten. Überall hatten sich diese Büsche eingenistet und überwucherten die meiste Fläche vom Land. Pina hatte fast ein halbes Jahr lang täglich mit Jäten verbracht. Bis sie eines Tages genug davon hatte. Sie stieg einfach ins Auto und fuhr in die nächstgrößere Stadt. Dort blieb sie und mietete sich sogar ein Hotelzimmer. Sie wollte einfach allein sein und nichts mehr von allem sehen und hören. Sie schlief sehr gut und genoss die Zivilisation.

Doch am anderen Tag fuhr sie gerne wieder zurück nach Hause und setzte ihre Arbeit mit dem Pickel fort.

Brunnenaktivierung

Mit dem Installateur wurde der Brunnen aktiviert. Es gab einen großen braunen Pott. Bis zu 4000 Liter eigenes Wasser konnten Pina und Bob pro Tag gewinnen. Doch brauchte es zusätzlich auch die öffentliche Wasserversorgung. Zumindest sollte man den Vertrag mit ihnen haben, wenn nicht genug eigenes Wasser oder sogar eine eigene Quelle vorhanden war. So konnte man, wenn es knapp wurde im Sommer, auf die öffentlichen Wasserwerke zurückgreifen. Leider waren diese sehr teuer und variierten stark im Preis. Es gab immer wieder Diskussionen wegen den verschiedenen Rechnungen, die man bekam. Die Sarden selbst meinten, es sei besser, mit denen nichts am Hut zu haben.

Als Pina und Bob frisch auf dem Anwesen waren, sahen sie den Brunnen ca. 50 Meter von ihrem Grundstück entfernt überlaufen. Es lief sehr lange Zeit Wasser auf die Straße.

Obwohl die beiden dem Bauern nebenan mitgeteilt hatten, dass dieser Brunnen so viel Wasser verlor, geschah lange Zeit nichts. Das Wasser lief einfach in die Erde. Nie kam jemand, um dieses Leck zu beheben. Eine Unmenge von Wasser wurde verschwendet.

Bis dann endlich Arbeiter das Leck reparierten, vergingen sicher drei Monate. Für Pina und Bob war das unverständlich, da man wusste, dass man mit dem Wasser auf Sardinien sehr sorgfältig umgehen sollte.

Thermalbad

Nach tagelanger, monatelanger Arbeit gönnten sich Pina und Bob einen Ausflug zu einem sardischen Freund, den sie einmal kennengelernt hatten. Er wollte damals auch sein Haus an Pina und Bob verkaufen. Es war ein sehr schönes Haus. Da dieser Mann Architekt war, hatte er es eigenhändig entworfen und bauen lassen. Es gab sogar einen großen Teich auf dem Land und alle Obst- und Gemüsearten, die man sich nur vorstellen konnte. Alles war irgendwann mal sehr gepflegt gewesen. Doch zu diesem Zeitpunkt, als Pina und Bob sich dieses Haus anschauten, sah man, dass es brachlag. Die Frau von diesem Architekten war ein Jahr vorher verstorben. Zwei der drei gemeinsamen erwachsenen Söhne lebten noch oder wieder bei dem Mann. Beide hatten keine Arbeit und lungerten auf dem Anwesen herum. Das Haus selbst und auch die Umgebung gefielen Pina und Bob sehr gut. Der Preis war ebenfalls in Ordnung. Doch nicht weit entfernt wurde die Autobahn gebaut. Riesige Mauerpfeiler ragten empor, um die Straße zu stützen. All diese vielen Vermentino-Reben versanken im Schatten dieser viel befahrenen Autobahn. Die ganze Landschaft litt unter diesem Bau, der erst vor kurzer Zeit fertiggestellt wurde. So wussten Bob und Pina auch, warum dieser Mann sein Anwesen verkaufen wollte. Als er vor 12 Jahren den Bau seiner Altersresidenz zusammen mit seiner Frau und den Söhnen geplant hatte, war diese Autobahn noch nicht vorhanden. Eine traurige Geschichte.

Wahrscheinlich lebte dieser Mann mit seinen Söhnen immer noch dort. Denn Pina und Bob konnten sich nicht vorstellen, dass irgendjemand dieses Anwesen, das direkt neben der Autobahn stand, kaufen würde.

Der Freund freute sich riesig, als er Pina und Bob sah. Er war es auch, der ihnen von Vale Doria, den Thermalbädern, erzählte. Er hatte gerade eine Operation hinter sich und musste zur Kur dorthin fahren. Als der Mann von den Thermen erzählte, hörte Pina gut zu.

Wieder zu Hause, schaute Pina sich im Internet diese Thermen an. Es gab dort tatsächlich eine Naturquelle. Also fuhren die beiden eines Tages dorthin, um die Thermen zu besuchen.

Für Pina und Bob ein wirklich magischer Ort.

Aus dem Boden kam dieser heiße Wasserstrahl. Dieser kleine See ist öffentlich und man kann sich hineinsetzen. Es schwimmen kleine Fische herum und weiter hinten kann man, wenn man mutig genug ist, selbst den Fango aus der Wassererde holen und sich damit einbalsamieren. Pina war nicht mutig und hatte keine Lust, mit ihren Händen in diesem Schlamm zu wühlen.

Pina meinte zu wissen, dass das hier ein sehr spezieller Ort war.

Pina und Bob liebten diesen Ort. Selbst Bob, der nie an solch eine Gegebenheit glaubte, war ganz angetan ob dieser Heilquelle. Er zog sich ebenfalls die Badehose an und setzte sich in diesen warmen Teich. Nach ca. 20 Minuten musste er aus dem Wasser steigen. Sein ganzer Körper pulsierte innerlich. Ein noch nie dagewesenes Gefühl durchdrang ihn.

Dieses natürliche Schwefelbad drang in die Körper der sich hineinsetzenden Menschen.

Nicht nur Bob und Pina kannten diese Heilquelle.

Von diesem Moment an fuhren die beiden jede Woche einmal zu dieser Heilquelle, um sich darin zu erholen.

Eines Tages traf Pina einen Mann und eine Frau, die Ferien auf Sardinien machten. Auch diese Leute hörten von dieser Quelle. Pina stand im Bikini da und sprach sehr lange mit den beiden. Es wurde kühler, Pina bemerkte es nicht.

Am anderen Abend hatte Pina für Freunde ein Abendessen vorbereitet. Plötzlich schoss es Pina dreimal wie ein Blitz in den Rücken. Vom Rücken ins Kreuz bis ins linke Bein. Von da an hatte Pina höllische Schmerzen. Pina schrie laut und weinte den Schmerz hinaus. Sie konnte fast nicht mehr gehen. Der Schmerz war unerträglich. Eine Ärztin im nahe gelegenen Dorf gab Pina eine Spritze. Sie bekam auch ein Rezept. Bob musste von da an 6 x 1 Spritze an Pina verabreichen. In der Schweiz darf diese Spritze nur ein Arzt den Patienten verabreichen. In Italien wurde das wohl anders gehandhabt als in der Schweiz. Auch bekam Pina ein Medikament. Doch alles half nichts. Pina litt und wusste bis dahin nicht, wie es sich anfühlte, solch höllische Schmerzen zu empfinden.

Pina hielt es fast nicht mehr aus. Sie konnte nicht mehr schlafen, der Schmerz war so stark. Sie konnte nicht mehr sitzen, und Laufen ging fast gar nicht mehr. Sie entschlossen sich, in die Schweiz zu fahren. Sie wollte nicht auf Sardinien in ein Krankenhaus gehen, weil sie die Sprache noch nicht gut genug verstand.

Auf der Fähre liefen Pina die Tränen über ihre Wangen. Der Schmerz hatte ihren Körper voll im Griff.

In der Schweiz angekommen, wurde Pina dreimal von Ärzten weiterverwiesen, bis sie endlich im Spital in der Stadt in die Notfallstation gehen konnte. Der Arzt erkannte durch die Untersuchung sofort, dass da etwas nicht stimmte. Als er mit dem berühmten „Hämmerli" auf Pinas linkes Bein klopfte, geschah nichts. Das Bein reagierte nicht. Für Pina war das schon lange klar. Sie hatte auf der ganzen linken Seite kein Gefühl mehr. Pina wurde für ein MRT angemeldet. Genau an ihrem Geburtstag bekam sie den Bericht mit einer CD, wo der ganze Verlauf festgehalten wurde. Pina bekam weder Gehstöcke noch Medikamente. Es war Sonntag und in der Notfallstation herrschte auch in der Schweiz ein großes Gedränge. Alle im Spital waren überlastet und wollten möglichst schnell weiterkommen. Also schleppte sich Pina ohne Stöcke wieder aus dem Spital. Sie lief Millimeter für Millimeter. Es dauerte eine Ewigkeit, bis sie endlich an ihrem Auto ankam. Am nächsten Tag organisierte Bob für Pina Stöcke. Der Schmerz blieb. Pina meldete sich bei ihrem Akupunkteur an und konnte auch sofort dorthin gehen. Dieser Spezialist hatte Pina zu einer früheren Zeit schon einmal geholfen. Mit seinen Nadeln erreichte er ein klein wenig Linderung. Sie bekam auch eine große Tüte mit extra für Sie zusammengestelltem Tee, den sie trinken musste.

Der schmeckte sehr bitter, aber Pina tat, was man ihr empfohlen hatte.

Pina wollte wieder zurück nach Hause, zurück nach Sardinien.

Doch es wurde nicht besser. Pina litt und die starken Schmerzen wollten sie einfach nicht verlassen. Es dauerte nur kurze Zeit und die beiden fuhren wieder mit der Fähre in die Schweiz. Pina war hilflos. Sie entschied sich, in ein anderes Krankenhaus zu gehen. Dort sollte es einen Professor geben, der eine Kapazität auf diesem Gebiet war. Leider war er nicht da. Pina bekam eine Infusion, Novalgin und Brufen. Endlich gingen die Schmerzen ein wenig zurück.

Pina bekam einen Termin bei diesem Herrn Professor. Am Montag durfte sie endlich zu ihm. Er sah sich die Krankenakte an, die Pina mitgebracht hatte. Dieser Herr Professor war ein toller Mensch. Kompetent, menschlich und sehr angenehm. Trotz vieler Arbeit ließ er sich nichts anmerken und ordnete an, dass Pina eine Behandlung bekam.

Sie durfte mit dem Herrn Professor einen Stock weiter nach oben gehen, dort gab es ein Zimmer, wo Pina behandelt wurde. Es kam eine Schwester dazu und der Herr Professor spritzte endlich das richtige Medikament. Das linke Bein von Pina war zwar immer noch ohne Gefühl und beim Laufen mit den Krücken knickte sie jedes Mal ein. Doch die Schmerzen waren lange nicht mehr so stark wie zuvor, obwohl diese auch nach der Spritze noch vorhanden waren. Der

Herr Professor riet Pina zur OP. Doch Pina beschloss, sich nicht operieren zu lassen.

Die Heimfahrt nach Sardinien war erträglich.

Auf Sardinien fand Pina einen großartigen Osteopathen. Sie besuchte ihn anfänglich dreimal in der Woche. Er hatte ihr sehr geholfen. Die Besuche konnte Pina nach vielen Wochen reduzieren. Sie ging dann nur noch einmal in der Woche zu ihm. Dann verschrieb dieser Osteopath ein Pilates-Training. Von da an ging Pina einmal in der Woche ebenfalls dorthin. Die Autofahrt von jeweils einer Stunde Hin- und einer Stunde Rückfahrt nahm sie gerne in Kauf. Pina spürte den Fortschritt und ging von da an zu diesen beiden Fachpersonen. Sie wusste zu dieser Zeit noch nicht, dass sie über vier Jahre und noch mehr brauchte, bis sie endlich fast schmerzfrei sein und das Gehen wieder so einigermaßen funktionieren würde. Das mit dem Heben funktionierte nur noch, wenn sie sehr achtgab. Wie viel und was sie hob, teilte sie jetzt genauestens ein.

Bob baute für Pina im Badezimmer eine Badewanne ein, die es bis dahin leider noch nicht gab. Denn die Wärme am Rücken und die Entspannung waren für Pina sehr wertvoll und gesundheitsfördernd. Wahrscheinlich war für Pina einfach alles zu viel gewesen. Die Verabschiedung aus der Schweiz. Dann der riesige Bau mit den Ställen. Das ganze Chaos mit den italienischen Behörden. Am Ende war es so, dass Pina immer zwei starke Begleiter hatte. Rechts und links an ihrer Seite. Ja, die beiden Krücken gaben Pina einen großen Halt. Sie wurden für eine lange Zeit ihre täglichen Begleiter.

Es war kalt auf Sardinien. Pina zog sich ihre warmen Winterstiefel an und trug sogar ihre Daunenjacke. Pina wünschte sich, dass alles gut werden würde.

Die Rechnungen häuften sich und Pina verspürte eine große Last auf ihren Schultern. Dazu kam noch, dass sie von der Gemeinde einen Baustopp bekamen. Doch Pina zweifelte keinen Augenblick an ihrer Entscheidung.

Jetzt erst recht!

Pina richtete sich auf ihrem Land einen wunderschönen Platz ein. Sie machte sich einen Steinkreis und saß so jeden Tag auf ihrem kleinen roten Stuhl und arbeitete an ihrer Gesundheit. Sie hörte sich viele Podcasts an und arbeitete mit ihren Selbstheilungskräften. Der Blick über die unendliche Weite des Meeres gab ihr zusätzlich eine enorme Kraft. Die wunderbare Luft von all den Kräutern auf ihrem Land, die Sonne – all das waren ihre täglichen Begleiter.

Mit ihrer Rückenkrankheit hatte Pina verstanden, wie das Leben funktionierte.

Doch wie sollte sie von diesem Standpunkt aus weitermachen?

Pina konnte nur spärlich an ihren Stöcken gehen und grübelte ständig über neue Lösungen nach. Sie hatte fast keine Kraft mehr. Auch hatte Pina großen Respekt, dass dieser starke Schmerz wieder in ihren Körper zurück kehrt. Sie zweifelte, ob das je wieder mal gut werden würde. Auch der Druck und ab und an der Schmerz in ihrem Kopf suchten sie immer wieder auf.

Auf jeden Fall ging Pina immer wieder und das regelmäßig zur Pilates-Trainerin und zum Osteopathen. Anfänglich kribbelten ihre Hände, Arme und Beine. Jedes Mal war Pina sehr erschöpft. Manchmal konnte sie es selbst fast nicht glauben. Sie machte jahrelang regelmäßig Sport, und zwar täglich. Joggen, Krafttraining, Aerobic. Pina war ein Bewegungsmensch. Und jetzt machte sie Übungen, die sie sich nie hätte vorstellen können. Langsame Bewegungen, fast kein Gewicht, genauestens auf ihren Rücken abgestimmt. Dass sie diese zwei kompetenten Fachpersonen auf Sardinien gefunden hatte, war für Pina ein sehr wertvolles Geschenk.

Einmal, als sie das Training bei der Pilates-Trainerin beendet hatte, war die ganze Kraft aus ihrem Körper gewichen. Es wurde ihr schwindlig. Sie konnte sich nicht verbal auf Italienisch mitteilen. Sie hatte großen Durst. Endlich kam Bob zur Tür herein. Er fuhr Pina anfänglich regelmäßig zur Therapie. Sie konnte nicht einmal mehr Auto fahren. Die Beine, der ganze Körper machten einfach nicht mehr mit. Pina weinte nur noch. Sie fühlte sich wie eine sehr, sehr alte Frau. Obwohl Pina dachte, dass alte Frauen sich noch lebendiger fühlten als sie in diesem Moment. Abgrundtief müde. Tief, tief müde in ihrem Inneren. Der Seelenschmerz saß so tief. Was musste sie da alles verarbeiten.

Abmeldung

In der Zwischenzeit war viel passiert und Pina und Bob lebten schon seit einiger Zeit auf Sardinien.

Es kam so weit, dass Pina sich von der Schweiz abmelden musste. Sie wollte als eingetragene Kräuterbäuerin anerkannt werden. Das ging nur, wenn man Residente in Sardinien war. Also sprach sie mit ihren Beratern in der Schweiz. Einer meinte, dass sie ihre Krankenkasse behalten könne, auch wenn sie sich abmelden würde. Das war eigentlich die einzige Sorge, die Pina in diesem Zusammenhang plagte. Sie wollte niemandem zur Last fallen, falls sie krank werden würde. Also war sie vorerst beruhigt und meldete sich von der Schweiz ab. Von da an war sie Bürgerin von dem kleinen sardischen Dorf. Da sie in Italien mit dem italienischen Pass unterwegs war, kam auch die Abmeldung AIRE von ihrem italienischen „Wurzelort". Obwohl Pina nur einmal in diesem kleinen Ort zu Besuch war, als sie ihren italienischen Pass beantragen wollte, brach es ihr fast das Herz. Sie erinnerte sich noch daran, als sie die E-Mail bekam. Ihre AIRE wurde nun von diesem Vaterlinien-Heimatort in das sardische, kleine Dorf transformiert. Ihre AIRE lag jetzt in diesem Dorf, wo sie sich gemeldet hatte. Dort war Pina nun offiziell registrierte Einwohnerin. Warum Pina das emotional derart traf, überraschte sie selbst. Sie hatte keine Verwandten in Norditalien, geschweige denn hatte sie je einmal dort gelebt. Doch ihre Vorfahren lebten dort, in diesem kleinen norditalienischen Bauernort. Es schmerzte sie immer noch, wenn sie daran dachte, dass diese Verbindung, obwohl sie nur auf dem Papier bestand, gecancelt wurde. Sie merkte, dass sie sehr gerne eine Norditalienerin war. Ihre Wurzeln waren und blieben in Norditalien. Ihre Kindheit war und blieb in der Schweiz. Ihr Leben lang war und blieb Pina eine Straniera. Eine Straniera, die wusste, wer sie war.

Sie war und blieb Pina! Punkt.

Dann bemerkte Pina, dass sie automatisch von ihrer Krankenkasse abgemeldet wurde. Das wurde von der Gemeinde aus gemacht. Das hatte ihr niemand gesagt. Sie hatte die Information bekommen, dass diese Kasse auch im Ausland weiterlaufen würde.

So war Pina einige Zeit ohne Krankenversicherung. Das wäre nicht weiter schlimm gewesen, denn in Italien ist man mit der Tessera Sanitaria allgemein versichert. Sicher ist die Medizin und sind die Ärzte auf Sardinien genauso top wie an einem anderen Ort auch. Nur in der Pflege und Versorgung gibt es große Unterschiede zur Schweiz. Ist man im Krankenhaus, muss man sich selbst um die Grundpflege und Versorgung mit Nahrungsmitteln kümmern. Sei es auf die Toilette zu gehen oder sich zu waschen. Wenn man auf Hilfe angewiesen ist, ist man als Ausländer schon ein bisschen im Abseits. Obwohl eine liebe, sardische Freundin von Bob und Pina erzählt hatte, dass man hier auf der Insel gut organisiert sei.

Doch Pina wollte niemals ihren Kindern zur Last fallen. So ging sie im Internet auf die Suche nach einer Krankenkasse. Sie fand auch eine und konnte sich privat sehr gut versichern. Auch könnte sie diese Versicherung, wenn sie wieder in die Schweiz ziehen würde, „mitnehmen". Doch das stand im Moment nicht zur Debatte. Vor Kurzem fragte sie eine Schweizer Besucherin, was sie gedenke zu tun, falls sie pflegebedürftig werden würde. Ob sie wieder in die Schweiz ziehen würde. Pina wurde still und gab zur Antwort, dass sie auf Sardinien bleiben wollte. Pina hatte in diesem Moment gespürt, dass sie sich hier sehr zu Hause fühlte. Es gab ihr ein warmes, gutes Gefühl.

Wie dankbar Pina war, auf dieser wunderschönen Insel leben zu können. Was für ein Privileg. Sie wusste das zu schätzen. Was für ein schönes Leben hatte Pina sich da erarbeitet.

Ohne Bobs Traum wäre sie bestimmt nie dahingezogen. Bobs Traum wurde auch Pinas Traum.

Manchmal musste man einfach mutig sein.

Angst, Scham, Unsicherheit und Hochmut hatten noch nie jemanden weitergebracht. Mutige Menschen braucht die Welt.

Dann kam ein weiterer Schritt. Sie musste auch ihren Schweizer Führerschein abgeben. In Italien durfte sie nicht mehr mit diesem Ausweis fahren. Also beantragte sie den italienischen Führerschein. Sie musste zum Augenarzt usw. Zum Glück ließ sich alles in kürzester Zeit erledigen. Nun besaß Pina auch den italienischen Führerschein.

Dann kam es so weit, dass sie ihr Auto hätte ummelden müssen. Sie ging nach Olbia zum Amt. Doch da teilten sie ihr die Kosten für die Ummeldung mit. Die Schweiz ist nicht in der EU, also ist alles viel schwieriger und teurer. Da das Auto schon älter war, musste sie es in Olbia verschrotten lassen. Eine Ummeldung wäre zu teuer gewesen, da sie nicht wusste, wie lange dieses Auto noch fahren würde. Da kam ihr auch wieder ihr geliebter Touring Club zu Hilfe. Das war das letzte Mal, wo Pina von diesem großartigen Service Gebrauch machte. Sie rief dort an und fragte, ob sie auch weiterhin beim Touring Club versichert bleiben könnte. Nein. Im Ausland leider nicht. Das war traurig. Seit sie ihr erstes Auto mit 18 Jahren hatte, war sie dort versichert und sehr zufrieden. Schade.

Sie musste sich auf Sardinien ein neues Occasion Auto kaufen. Bei der Versicherung wurde sie hoch eingestuft, weil sie wieder von Neuem beginnen musste. Ihre Jahre als Fahrerin in der Schweiz zählten nicht.

Corona

Es begann eine weitere eigenartige Zeit. Das neue Coronavirus breitete sich immer weiter aus. Es waren bereits 189 Länder, Gebiete und Territorien betroffen.

Pina und Bob wurden auf der Straße von der Polizei angehalten und kontrolliert. Die Post oben im kleinen Dorf hatte nur noch zweimal in der Woche offen. Alle Menschen trugen einen Mundschutz. In den Einkaufsläden mussten zusätzlich Handschuhe getragen werden. Auch Bob und Pina trugen in der Zwischenzeit einen Mundschutz. Pina machte sich Sorgen um ihre Eltern in der Schweiz. Wer ging für sie einkaufen? Eine nette junge Frau von nebenan hatte sich angeboten, das zu übernehmen. Doch die Eltern wollten das nicht. Typisch und doch mutig. Sie wollten ihre Selbstständigkeit bewahren.

Dann beschloss die Regierung, dass auch die kleinen Baustellen zu schließen seien.

Also tauchten auch bei Pina und Bob keine Arbeiter mehr auf. Das bedeutete für die beiden wieder eine Einbuße mehr. Zuerst der Baustopp, dann das.

Die Arbeiter durften nicht mehr zur Arbeit kommen.

Auch durfte Pina nicht mehr mit ihren Hunden ans Meer. Ab 18 Uhr wurde die Ausgangssperre angeordnet.

Immer wieder wurden die beiden von der Polizei kontrolliert. Es kam sogar so weit, dass sie ihr Dorf nicht mehr verlassen durften. Das Homeoffice wurde ebenfalls angeordnet.

Pina reiste in dieser Zeit viel schamanisch. Auch machte sie viele Meditationen mit, die vermehrt im Netz angeboten wurden.

Doch das Virus breitete sich immer weiter aus.

Die Weltgesundheitsorganisation sprach inzwischen von einer Pandemie.

Pinas Rücken war sehr müde. Wie gerne würde sie das kleine Gärtchen bei den Steinen jäten und schön herrichten. Nicht einmal das konnte sie mehr machen, geschweige denn etwas heben. Bob hatte keine Zeit für solche Sachen. Auch beobachtete Pina, wie ihr Safranfeld, das sie mit diesen 50 Knollen liebevoll gepflanzt hatte, so langsam, aber sicher mit Unkraut überwuchert wurde. Pina hatte einfach keine Kraft und zu starke Schmerzen, um ihre geliebte Arbeit fortzusetzen. Pinas Rücken war nicht das Einzige, was ihr Schmerzen verursachte. Dass alles, was sie mit viel Liebe angepflanzt hatte, so langsam, aber sicher überwuchert wurde, schmerzte sie ebenfalls. Pina sah so viel Arbeit und konnte nicht mehr mit anpacken. Während der Coronazeit befreite Bob viele Ecken vom Wildwuchs und vergaß das Safranfeld. Auch der Gemüsegarten wucherte vor sich hin. Pina würde allzu gerne wieder wie früher all diese Arbeit verrichten. Doch der schmerzende Rücken erlaubte es ihr nicht mehr. Da diese Anordnung, nicht das Dorf zu verlassen, für längere Zeit bestehen blieb, konnte Pina auch nicht mehr zur Therapie fahren. Ihr Rücken und ihr linkes Bein schmerzten sehr.

Auch konnte Pina immer noch nichts heben. Die Schmerzen waren zu stark. Ihr fehlte ihre Arbeit in der Schweiz. All ihre Tiere, die sie einer großartigen Familie in Obhut gab. Sie hatte alles aufgegeben und hinter sich gelassen. Ihre erwachsenen Kinder fehlten ihr sehr, ihre Enkelkinder. Sie trug sie zwar tief in ihrem Herzen, doch äußerlich waren sie zu weit entfernt.

Die Zeit verging trotz Corona schnell.

Pina und Bob waren sehr privilegiert während dieser Zeit. Sie hatten ihre 11 ha Land und genügend Arbeit im Freien zu erledigen. Pina machte, was sie konnte. Es wurde gemunkelt, dass sich die Regeln bald lockern würden.

Pina wollte die Fenster in den Wohnungen putzen. Sie versuchte es zumindest. Doch es ging nicht. Ihr Rücken machte nicht mit. Pina war immer noch sehr müde. Sie wusste nicht, wo ihr Leck war. Wie konnte man nur so müde sein?

Kraft fehlt

Wahrscheinlich hatte sie sich mit Corona infiziert und wusste es nicht. Das konnte doch nicht sein. Sie schleppte sich Schritt für Schritt vorwärts und konnte fast gar nichts mehr machen. Pina war froh um die eingebaute Badewanne. So konnte sie in dem warmen Wasser ihren Rücken entlasten. Manchmal dachte sie, sie hätte sich doch operieren lassen sollen. Aber dann verwarf sie diese Gedanken schnell wieder.

In Italien hieß es, dass sich nicht viel geändert hätte, außer dass man Take-away-Kaffee kaufen dürfe. Die Menschen waren verunsichert, was man durfte und was nicht. Eine Polizistin sagte Pina und Bob, es komme einfach darauf an, von wem man kontrolliert wurde.

Als Pina und Bob während der Coronazeit in die Schweiz reisen mussten, um verschiedene Behördenangelegenheiten zu erledigen, war das nicht einfach. Es mussten viele Formulare angefordert und ausgefüllt werden. Pina hatte es leichter. Sie war schon auf Sardinien Residente. Ihre Papiere machten nicht so viel Arbeit. Doch für Bob musste Pina in der Schweiz einige Male Papiere anfordern. Endlich. Sie hatten alles beisammen. Auch mussten sich die beiden impfen lassen. Das war Vorschrift. Sonst hätten sie in der Schweiz zu keiner Behörde Eintritt erhalten. Als die beiden dann mit der Fähre nach Genua fuhren, wollte kein Mensch nur irgendein Papier von all diesen ausgefüllten Formularen sehen. Auch als sie über die Grenze fuhren, interessierte sich niemand für ihre mühsam erstandenen Papiere. Diese Schizophrenie war für Bob und Pina irrelevant. In der Schweiz konnten die beiden all ihre Angelegenheiten erledigen. Dann fühlte Bob sich plötzlich so eigenartig und auch Pina hatte ein eigenartiges Gefühl. Müdigkeit, Gliederschmerzen, Kopfschmerzen plagten die beiden. Pina hatte den Verdacht, wieder Corona zu haben. In ein paar Tagen sollten sie wieder auf die Fähre nach Sardinien reisen. Also wollte Pina sich vorab in der Apotheke in der Schweiz testen lassen. Doch Bob erklärte ihr, dass sie dann nicht zurückfahren könnten. Also beschlossen die beiden, sich nicht testen zu lassen, und konnten so zurück nach Sardinien fahren. Dort angekommen, gingen sie zu ihrem Arzt, der für je 50 Euro bar auf die Hand den Test machte. Beide hatten sie Corona. Sie bekamen Hausarrest und sollten nach einer gewissen Zeit den Test wiederholen. Gerne blieben sie zu Hause. Sie waren wieder daheim. Auf ihrem Anwesen gab es genügend Platz sich zu bewegen, ohne dass man irgendeinem Menschen begegnen würde. Also hatten die beiden trotz ihrer Impfungen das Coronavirus in sich.

Und dann:

Lockerungen Lockdown
Ab Montag, 11.Mai durften Läden, Restaurants, Märkte, Museen und Bibliotheken wieder öffnen.
In den Prima- und Sekundarschulen durfte der Unterricht ab 11. Mai wieder vor Ort stattfinden.
Im Breiten -und Spitzensport durfte ab 11. Mai wieder trainiert werden.
Das Fahrplanangebot im öffentlichen Verkehr wurde am 11. Mai deutlich erweitert.
Events mit mehr als 1000 Personen blieben bis Ende August verboten.

Im Dorf kehrte wieder so langsam Leben ein. So nach und nach krochen alle wieder aus ihren Häusern. Eigenartig. In der Lieblingsbar von Pina und Bob gab es so eigenartige

Abschrankungen. Als ob da eine VIP-Longe wäre. Doch es waren die Abstände, die die Menschen voneinander halten sollten.

Die beiden Schweizer, die Pina und Bob kennengelernt hatten, durften mit einer Sondergenehmigung nach Sardinien reisen. Da sie ebenfalls ein Haus auf Sardinien besaßen, fanden sie einen Weg zur Einreise. Der Hausbesitzer schrieb dem zuständigen Amt, dass er seine Bäume bewässern müsse und sein Land wegen Brandgefahr bearbeiten sollte. So bekam er die Einreisebewilligung mit der Auflage einer zweiwöchigen Quarantäne. Das war großartig für ihn.

Pina und Bob hatten immer noch nicht ihre eigene Adresse. Die Pakete kamen immer noch nicht an. So rief Bob die Dorfbriefbotin an. Sie gab ihm eine Telefonnummer, wo er sich melden sollte. Siehe da, tatsächlich rief am nächsten Tag ein Postbeamter von der nächstgrößeren Stadt an. Sie bekamen eine weitere Nummer, und von da an rief jemand an, wenn es in dieser Stadt ein Paket für sie zum Abholen gab. Das war schon mal ein Anfang.

Zu einem späteren Zeitpunkt, da waren ca. drei Jahre vergangen, kam eine Frau bei Pina und Bob vorbei. Es war eine entfernte Nachbarin. Sie fragte die beiden, ob sie auch mitmachen würden, damit man eigene Briefkästen vorne an der Straße montieren könnte.

Bis dahin war es immer noch so, dass Pina ihre Briefpost bei der kleinen Dorfpost am Schalter abholen musste. Die Briefpostausgabe war jeweils am Dienstag und Donnerstag. Es versteht sich, dass die Post nur morgens offen hatte. Also setzte sich Pina mit den anderen Wartenden in eine Reihe. Es gab aber nur wenige Sitzplätze, also stand man da manchmal bis zu einer Stunde oder länger. Es kam darauf an, was die jeweiligen Postbesucher für ein Anliegen hatten. Auf jeden Fall dauerte es meistens sehr lange, bis man an die Reihe kam. Pina nahm sich ihr Mobiltelefon und lernte in dieser Zeit die italienische Sprache.

Wie war Pina glücklich, als es dann wirklich so weit war und man seinen eigenen Briefkasten montieren durfte. Wenn auch immer „nur" vorne an der Hauptstraße. Von da an musste sie nicht mehr zehn Minuten fahren und meistens über eine Stunde in der Reihe warten, bis sie ihre Briefpost bekam. So konnte sie ihre Post aus dem eigenen Briefkasten entnehmen. Auch wenn es nicht gerade vor ihrer Haustür war. Sie fuhr mit dem Auto zum Einkauf oder ging mit den Hunden zum Strand. Da lag es auf dem Weg, den Briefkasten vorne an der Straße zu öffnen. Die Zeiten, Dienstag und Donnerstag, standen immer noch fest. An diesen beiden Tagen wurde die Briefpost ausgetragen. Die offizielle Adresse gab es zu diesem Zeitpunkt immer noch nicht. Pina konnte lediglich die Hausnummer 0 angeben. So machten es alle, die in dieser Gegend wohnten. Wenn jemand zu Besuch kam, dann war Pina froh, dass sie die Besucher mit Google Maps lotsen konnte. So konnten die Leute direkt vor ihr Tor fahren und fanden ihr Anwesen.

Dann durften endlich wieder die Arbeiten aufgenommen werden. Die sardischen Arbeiter kamen zurück. Manchmal fehlte wieder einer oder es gab irgendeinen Grund, warum einer fehlte. Die Sarden wussten immer irgendeine Geschichte zu erzählen.

Bau

Nach monatelanger Arbeit kam eine Delegation von der Gemeinde auf das Anwesen. Sie wurden von dem Bauchef geschickt und sollten eine Kontrolle durchführen.

Für Pina und Bob war es natürlich klar, dass der neue Bauchef, der ja mal ihr Geometer gewesen war, alles darangab, um diese beiden zu ruinieren. Er versuchte alles, um auch nur den kleinsten Fehler zu finden, falls es einen gab.

Eigentlich hätten die beiden diese Delegation nicht einmal auf ihr Gelände lassen müssen.

Der Dorfgeometer war ein kleiner, dicker Wicht. Pina meinte mal, entweder sind die Sarden im Sommer Gärtner oder Geometer. Es gab von beiden „Berufsgattungen" eine unendliche Zahl an Männern hier, die sich so nannten. Die Dorfpolizistin war sehr nett, doch sie musste dieses Theater mitspielen. Einer dieser Herren erklärte, dass sie die neuen Zimmer kontrollieren müssten. Das sei Vorschrift. Bis dahin dachten Pina und Bob, alles, was außen herum baulich verändert wird, musste genauestens kontrolliert werden. Alles, was innerhalb eines Projekts passiert, wäre nicht relevant für die Kontrollen. Für Bob und Pina war diese Kontrolle kein Problem, denn sie waren in dem Glauben, dass alles korrekt wäre. Die Polizistin hatte alle Räume fotografiert und so einigermaßen ausgemessen. Pro forma, dachten Pina und Bob. Der kleine Dicke hatte sogar die Bodenplatten von Hand abgezählt. So eine lächerliche Handlung. Es gab eine Beanstandung, dass es in den Wohnungen kein behindertengerechtes WC gäbe. Doch der damalige Geometer, der ja der korrupte Mensch war, sagte seinerzeit den beiden, dass ein behindertengerechtes Bad genügen würde. Also baute Bob mit seinen sardischen Arbeitern in der kleinen Wohnung ein Bad ein, das behindertengerechten Maßen entsprach. Auch dieses behindertengerechte Bad wurde von der Commune akzeptiert, abgenommen und offiziell eingetragen. So hatten Bob und Pina die Vorschrift von der Gemeinde erfüllt.

Auch bei zwei Wohnungen wurde eine Beanstandung ausgesprochen.

Tatsächlich kamen die Leute von der Gemeinde auf die Idee, dass bei zwei Wohnungen die Türen, sprich Eingänge in die Zimmer, nicht erlaubt seien. Es gäbe keinen Eingang, sondern es sei lediglich ein Korridor. Der korrupte Mensch, sprich Geometer, hatte ja den Plan gezeichnet und diese Wohnungen so zu bauen erlaubt. Nun würden da neun Zentimeter an Breite fehlen.

Das war reine Schikane. Pina und Bob verhandelten wieder einmal mehr mit ihren Anwälten. Die Gemeinde bestand auf ihrer Meinung, dass diese neun Zentimeter fehlen würden. Es wäre ein Korridor.

Die beiden mussten doch tatsächlich die Türen wieder entfernen und den Durchbruch zumauern. An der Innenseite von dem Zimmer musste eine Wand durchbrochen werden. Ansonsten wäre ein Zimmer ohne diese Tür nicht erreichbar gewesen. Zudem kam noch dazu, dass Bob eine extra dicke Mauer, die den Schall dämpfte, gebaut hatte. Da entstanden wieder Mehrkosten, Bauschutt, Staub und eine Menge Arbeit. Von der Zeit, die verloren ging, wo sie nicht vermieten konnten, gar nicht zu sprechen. Pina und Bob wussten ja, dass dieser Mann gegen sie war.

Also wurden diese Arbeiten ausgeführt. Es kam ein sardischer, lieber Freund und half ihnen dabei.

Pina musste vorab alles aus den beiden Schlafzimmern rausräumen und das Wohnzimmer und das Bad gut mit Plastik abdecken. Doch es gab so viel Baustaub, dass man wieder alles frisch reinigen musste. Also wurde nach getaner Bauarbeit wieder alles gereinigt und neu eingerichtet. Und das in zwei Wohnungen, die bereits fertig und vermietet waren.

Dann kam die Frage wegen der bestehenden Pergola, die Bob eigenhändig gebaut hatte. Auch da war alles von dem ehemaligen Geometer schön auf dem Plan eingezeichnet. Der ehemalige Geometer hatte sogar zugeschaut, wie Bob Balken um Balken angebaut hatte. Er wusste bestimmt schon damals, dass er die beiden damit bestrafen konnte. Bob arbeitete sehr lange an dieser Pergola, die alle vier Wohnungen vor Sonne und Regen schützen sollte. Er war richtig stolz auf seine Pergola, die auch wirklich toll aussah.

Dann kam plötzlich wieder eine Delegation von der Commune und beanstandete diese Pergola. Die Pergola müsste weg, abgebaut werden, da das Anwesen in einem Schutzgebiet stünde. Das hatte den beiden vor dem Kauf niemand gesagt. Woher sollten sie das wissen? Bob und Pina holten den Plan, den sie von dem Geometer erhalten hatten. Der Plan, auf dem alles genauestens eingezeichnet war. Die Delegation interessierte das nicht. Diese Pergola sei ohne Bewilligung gebaut worden. Pina und Bob waren fassungslos. Einer der Herren sagte den beiden, wenn sie diese Pergola nicht demontierten, würden sie von der Commune einen Bagger organisieren und diese Pergola herunterreißen. Und überhaupt. Sie hatten dem korrupten Menschen vertraut und der hatte sie so hintergangen.

Die Delegation verließ das Anwesen. Pina und Bob waren wieder einmal mehr vor den Kopf gestoßen. Sie konnten das nicht akzeptieren. Sie überlegten hin und her und suchten verzweifelt nach Lösungen. Sie kannten sich viel zu wenig aus in diesen Angelegenheiten. So kontaktierten sie wieder einmal ihre Anwältin. Die Anwältin von den beiden meinte, dass vielleicht sogar die Staatsanwaltschaft kommen könnte und es eine Buße gäbe, falls sie diese Pergola nicht demontieren würden. Die beiden waren entsetzt. All diese Arbeit, die Zeit, die Kraft und auch die Kosten. Alles sollte umsonst gewesen sein? Sie suchten nach jeglichen Lösungen, damit diese Pergola nicht abgebaut werden musste. Doch ihre Anwältin erklärte ihnen, dass es keine Alternative gäbe. Sie müssten diese Pergola abbauen. So könnten sie sich ein enorm hohes Bußgeld ersparen.

Zu einem späteren Zeitpunkt hätten die beiden mehr gewusst und diese Pergola stehen gelassen. Doch zu jener Zeit waren sie noch nicht so bewandert, was die sardischen Angelegenheiten anging.

Also entschlossen sie sich schweren Herzens, die Pergola, die Bob so liebevoll und mit Freuden gebaut hatte, herunterzureißen. Traurig organisierte Pina zwei sardische Arbeiter, die diese Pergola demontieren sollten. Denn es war für Bob in diesem Moment einfach zu viel. Sie fuhr frühmorgens zusammen mit Bob los und kam erst spät am Abend wieder nach Hause. Die Pergola war weg. Es schmerzte beide sehr.

Einen Teil von dem Holz konnte man wiederverwenden. Doch ein großer Teil an Material musste entsorgt werden.

Pina und Bob hatten sich dem Druck von oben gebeugt. So konnten sie sich wenigstens ein hohes Bußgeld ersparen. Das dachten sie zumindest. Eigentlich war es nur ein fieser Mensch. Alle anderen mussten nur mitmachen. Sonst war ihre Stelle sicher schnell neu besetzt und sie weg vom Fenster.

Der grüne Brief

Es vergingen einige Wochen. Dann klingelte es eines Tages am Tor. Pina ging nach vorne und sah die Briefträgerin. Diese sprach im schnellen Dialekt der Gallura auf Pina ein. Pina verstand nicht viel, doch sah sie diesen grünen Umschlag. Das ist schon mal nicht so großartig, wenn man einen solchen Brief persönlich von der Briefträgerin überbracht bekommt. Also unterschrieb Pina und nahm den grünen Brief entgegen. Sie lief zum Haus zurück und öffnete dieses grüne Kuvert. Langsam übersetzte sie die Zeilen.

Dieser Brief beinhaltete ein Schreiben der Staatsanwaltschaft. Eine Buße von einer Summe, die jenseits jeder Vorstellung war. Bob konnte sich fast nicht zurückhalten. Die Gemeinde hatte, obwohl die Pergola demontiert wurde, Pina trotzdem bei der Staatsanwaltschaft angezeigt. Sie wurde angezeigt, weil sie eine Pergola bauen ließ, die nicht genehmigt war. Natürlich hatte die Gemeinde nicht erwähnt, dass der Abriss vollbracht und dokumentiert wurde. Dieser Abriss hätte an die zuständige Instanz weitergeleitet werden sollen. Somit hätte es keine Buße geben dürfen. Wieder einmal mehr verstanden Bob und Pina nicht, warum es solche Menschen gab.

Pina ließ ihre Beziehungen spielen. Ihre Anwältin übergab diesen Fall ihrem renommierteren Chef. Dieser Anwalt erledigte diese Sache sofort. So jedenfalls hatte es diese Anwältin behauptet. Es war nicht legitim. Dieser korrupte Mensch sollte wirklich alles versuchen, um Pina und Bob zu stürzen. Da sie die Pergola demontiert hatten, kam eine Buße nicht infrage. Diese Buße wurde richtigerweise abgegolten. Das war einfach eine gemeine Frechheit dieses fiesen Typen. Er staunte nicht schlecht, dass Pina diese Buße nicht bezahlen musste.

Von da an wurde dieser Herr vorsichtiger. Denn auch Pina hatte Beziehungen, die sie als Joker schön bei sich behielt und nur einsetzte, wenn es wirklich nötig war. Es verging einige Zeit und Pina und Bob machten mit ihrem Vorhaben weiter.

Baustopp

Doch dann kam wieder ein neuer Baustopp.

Das war das zweite Mal, seit die beiden mit dem Bau auf Sardinien begonnen hatten, dass die Gemeinde einen Baustopp verhängte. Doch dieses Mal arbeiteten Bob und Pina mit den Arbeitern einfach weiter. Sie hatten in der Zwischenzeit einiges gelernt auf Sardinien. So nahmen sie des Öfteren Tipps an, die ihnen sardische Freunde zuspielten. Also auch den Tipp: Arbeitet einfach weiter und lasst niemanden rein. Das Tor steht weit genug entfernt von der Baustelle. Also öffneten sie niemandem das Tor, bevor sie nicht wussten, wer da draußen stand. So konnten die Arbeiter ruhig ihrer Arbeit nachgehen und der Bau ging ohne Unterbrechungen weiter. Der Maurer und der schwarzbärtige Plattenleger vom nahe gelegenen Nachbardorf waren auf dem Anwesen. Die beiden erzählten Bob, dass der Straßenbauer und dieser Mann ganz falsche Menschen seien. Dass sie sehr viele korrupte Geschäfte machen würden. Sie seien schon in der Schule immer zusammen gewesen. Das hätte er nicht sagen müssen, das war den beiden schon bald klar geworden, dass diese zwei Herren unsaubere Geschäfte machten.

Pina hatte sich immer aufgeregt, wenn der Straßenbauer unschuldig am Tisch saß und auf einem kleinen Zettelchen Zahlen notierte. Er tat immer so, als ob er rechnen würde. Dabei wusste er schon zu Beginn, dass er viel zu viel verlangen würde.

Ja, auch das hatten Pina und Bob erst nach einer Weile gelernt.

Die Stranieri bezahlten immer sehr viel mehr. Es wurde da und dort etwas dazugerechnet.

Einmal brauchte Bob eine Offerte für die Außenfassade. Die musste neu gemacht werden. Der Maurer machte ihm einen Kostenvoranschlag. Bob war gar nicht damit einverstanden. Er war viel zu hoch. Also bekam Bob vom selben Maurer am anderen Tag eine neue Offerte. Diese war sage und schreibe um siebzigtausend Euro billiger. Da sollte noch jemand sagen, die seien nicht korrupt. Wie war es möglich, dass man plötzlich so viel weniger Geld verlangen konnte? Da weiß man auch als Laie, dass da etwas nicht stimmen kann. Also musste dieser Maurer auf keinen Fall mehr bei Pina und Bob arbeiten kommen. Das war's. Pina und Bob erledigten dann diese Arbeit selbst. Es war harte Arbeit, aber sie schafften auch das.

Der neue, junge Geometer, der nun für Pina und Bob arbeitete, war mal bei dem korrupten Menschen angestellt. Das erfuhren die beiden erst später von ihm. Er hatte ihnen viel später mal erzählt, dass er acht Jahre bei diesem Schelm gearbeitet hatte und der ihm immer noch seinen Lohn für viele Arbeitsstunden schuldete. Das Geld habe er nie bekommen. Deswegen hatte er sich mit ihm verkracht. Der Vater von dem jungen Geometer ist ein Süditaliener. Der hatte seinem Sohn geraten, ruhig zu sein und das Geld bei dem Typen ruhen zu lassen. Ansonsten hätte er keine ruhige Minute mehr im Leben. Na, prima!

Corona und die beiden Baustopps hinterließen eine große Einbuße. Pinas Rücken machte ihr zu schaffen. Sie konnte immer noch nicht richtig laufen und etwas heben, tragen ging gar nicht. Sie ging weiterhin zur Physiotherapie und machte ihre täglichen Meditationen zur Selbstheilung.

Pina und Bob warteten immer noch auf die Bewilligung zum Wiederaufbau der Pergola. Der junge Geometer hatte die Eingabe schon lange zur Gemeinde geschickt. Diese aber antwortete wieder einmal nicht. Da immer noch die Bestimmungen wegen Corona galten.

Nach langem Warten kam dann endlich der junge Geometer mit einer Bewilligung. Seit zwei Monaten hatten die beiden auf diese Bewilligung gewartet.

Pina konnte in dieser Nacht nicht schlafen. Sie rechnete und rechnete … hörte sich Meditationen an, die sie eigentlich nicht mehr hören mochte. Sie dachte, sie hätte ja schon alles in dieser langen Zeit angehört.

Anzeige

Dann geschah wieder etwas Merkwürdiges. An einem Donnerstag klingelte das Telefon. Bob ging ran. Pina verstand einige Wörter und fragte Bob, nachdem er aufgelegt hatte, was denn los sei.

Bob sagte ihr, dass am Sonntag ein Polizist käme, und es ginge um eine Befragung eines Arbeiters. Pina war skeptisch, weil sie dachte, warum kommen die zu uns und Bob muss nicht zum Polizeirevier fahren.

Am Sonntag warteten Pina und Bob um 14 Uhr dann auf die Polizei. Doch niemand kam zum vereinbarten Termin. Nach 15 Minuten rief Bob bei der Polizei an. Der Polizist, der den Anruf entgegennahm, meinte, dass er Bob auf dem Revier erwarte. Bob hatte also nicht richtig zugehört.

Schnell fuhren Pina und Bob dorthin. Ein junger Polizist bat die beiden in ein Büro. Dort saß ein mittelalterlicher, uniformierter Herr. Es stellte sich heraus, dass Bob selber befragt wurde und es gar nicht um einen Arbeiter von den beiden ging.

Der Polizist erklärte Bob, dass eine Anzeige wegen Morddrohung von Bob gegen eine Person vorläge. Bob und Pina staunten nicht schlecht. Beide sahen sich an und wussten sofort, worum es ging. Der korrupte Mensch hatte doch tatsächlich Bob bei der Polizei angezeigt. Bob sagte dem Polizisten, der ja nicht sagen durfte, wer die Anzeige aufgegeben hatte, das könne nur einer sein, und zwar dieser Mann. Der Polizist schaute auf das A4-Blatt vor ihm und nickte ganz leicht mit dem Kopf, das einem Bejahen der Aussage von Bob gleichkam. Er wollte wissen, wie Bob das erklären konnte. Es war eine einfache Sache. Dieser Polizist half Bob von A bis Z. Anscheinend gehörte er nicht zu einer der drei Familien, die das ganze Dorf und die Umgebung in Schach hielten. Er war sicher einer, der nichts zu sagen hatte, wie viele andere in diesem Dorf auch. Er erklärte Bob, dass er einen Anwalt bekäme und die Sache schnell erledigt würde. Das war auch so. Ein Telefonanruf bei diesem Anwalt und die Sache verlief im Sande. Wieder einmal versuchte dieser fast Kriminelle, Bob zu erledigen. Sie fuhren wieder nach Hause und mussten tatsächlich lachen ob dieser einfältigen Dummheit dieses Menschen.

Pergola Haupthaus

Dann, nach einiger Zeit, kam wieder ein Anruf von der Dorfpolizistin. Sie wollten wieder eine Kontrolle durchführen.

Bob rief zuerst den jungen Geometer an. Vielleicht hatte dieser eine Ahnung, warum diese Leute schon wieder zur
Kontrolle kommen wollten.

Der junge Geometer hatte keine Ahnung, warum diese Delegation wiederkommen wollte. Es war alles korrekt geplant,
gezeichnet und eingegeben.

Pina und Bob hatten auch keine Vorstellung, warum schon
wieder diese Leute auf ihr Anwesen kommen wollten. Bob
hatte keine Nerven mehr. Diese Schikane von diesen Leuten
war nervenaufreibend. Die ließen nicht locker. Pina und Bob
aber auch nicht. Die beiden hielten allem stand.

Bauchef

Pina und Bob hatten erfahren, dass die Dorfpolizistin zur Bauchefin der Gemeinde ernannt wurde. Der liebe, nette Polizist, der damals auch auf der Baustelle war und das Ganze mit der Pergola mitbekommen hatte, setzte sich für Pina und Bob ein. Er sah diesen Plan und wusste auch, dass der ehemalige Geometer einen anderen Plan auf der Gemeinde eingegeben hatte, den Pina und Bob nie zu Gesicht bekommen hatten. Die beiden wurden von dem ehemaligen Geometer betrogen. Da Pina und Bob vor dem Kauf dem Verkäufer und dem Geometer klargemacht hatten, dass sie nur kaufen würden, wenn diese vier Ferienwohnungen bewilligt würden. Also hatte er sie wortwörtlich beschissen. Dieser Mann wurde also abberufen und an seine Stelle kam die Dorfpolizistin. Sie war nun die Polizeichefin des Baus. So schnell konnte es gehen, wenn gewisse Menschen die Fäden in der Hand hielten.

Also kamen wieder mal dieselben Statisten auf das Anwesen, wenn auch diesmal in einer anderen Formation. Die Anwälte von Pina standen auf Abruf bereit, falls es nötig wäre.
Dieses Mal ging es um die Pergola im Haupthaus. Auch diese müsse weg. Pina und Bob waren sich einig, dass diese Pergola ganz bestimmt nicht abgerissen würde. Diese war schon lange bewilligt. Denn Pina und Bob waren sich einig, dass sie keine Bauvorhaben mehr bei dieser kleinen, korrupten und inkompetenten Gemeinde beantragen würden. Zumindest war das so in der Zeit, wo noch gewisse Leute dort gearbeitet haben. Sie entschlossen sich, ab sofort alles in der großen Stadt, wo das Hauptbüro war, zu kommunizieren. Die Gemeinde war denen untergeordnet.
Diese bewilligte Pergola blieb stehen. Punkt!

„Falls der Mann wieder Anzeige gegen Pina erstatten möchte, können wir ihn belangen", meinte die Anwältin. Da er mit seiner Anstellung befangen sei und nicht zusätzlich als Geometer hätte arbeiten dürfen, was er ja tat. Doch der würde bestimmt wieder alles zu seinen Gunsten auslegen.

Es gäbe in dem kleinen Dorf drei Familien, die alles an sich reißen und die Leute, die arbeiteten, nicht bezahlen würden. So hatte der korrupte Mensch noch einen Grund mehr, Pina und Bob zu vernichten, da dieser junge Mann, der jetzt der Geometer der beiden war, einiges zu wissen schien.

Die Anwältin von Pina und Bob schrieb dem ehemaligen Geometer, eine E-Mail. Nicht eine gewöhnliche E-Mail, nein eine E-Mail, die offiziell von den Anwälten versendet werden kann, die man auch zu beantworten hat. Also ein offizielles Dokument. Der korrupte Mensch antwortete nicht. Dann versuchte die Anwältin, ihn einige Male telefonisch zu erreichen. Aber auch da war er nicht erreichbar. Auch ein anderer Anwalt versuchte, Kontakt mit diesem Mann aufzunehmen. Nichts. Dann verschickte die Anwältin den Brief als Einschreiben an ihn. Auch da bekam die Anwältin keine Antwort.

Sie hatte in dem Schreiben den ehemaligen Geometer aufgefordert, das Geld, das er von den beiden verlangt hatte, bevor er mit der Arbeit begonnen hatte, zurückzuerstatten. Auch habe er sein Berufsversprechen gebrochen und nicht eingehalten. Er hatte nämlich keine Bauanzeige bei der Gemeinde eingereicht, die obligatorisch ist. Die Tafel, die auf jeder Baustelle stehen muss, wo alle arbeitenden Firmen vermerkt sind, fehlte ebenfalls. Pina und Bob konnten das nicht wissen. Das wäre die Sache des Geometers gewesen. Dafür hatte Pina von der Gemeinde ebenfalls ein Busse bekommen. Es war das Verschulden des Geometers selbst. Er hatte auch gegen die Regeln verstoßen. Nochmals: Der korrupte Mensch darf zu diesem Zeitpunkt das Amt des Geometers nicht ausführen.

Dann hatte dieser feine Herr doch tatsächlich auch noch behauptet, er hätte nie für die beiden gearbeitet. Aber die beiden hatten Beweise. Sie hatten die Bankauszüge mit den Überweisungen an diesen miesen Typen.

Warum Pina und Bob auf diese Menschen hereinfielen, ist ihnen bis heute ein Rätsel. Bob wollte schon von Anfang an diesen Geometer nicht um sich haben. Er merkte sofort, dass dieser gar nicht befähigt war.

Sie ließen diese Geschichte eine Weile ruhen.

Tierarzt

In der Zwischenzeit wuchsen die beiden jungen Hunde heran.

Da die beiden Geschwister beiderlei Geschlechts waren, sollten sie zu gegebener Zeit kastriert werden. Pina und Bob bekamen eine Adresse von einem Tierarzt in einer größeren Stadt.

Den Tipp von dem Tierarzt bekamen sie von der Familie, wo sie die Hunde herhatten. Also fuhren sie dorthin. Pina sah die Unordnung und dieses Durcheinander, die dort herrschten, sofort. Auch der Geruch war nicht besonders einladend. Der Tierarzt war sehr freundlich, aber eigenartig. Pina und Bob standen noch im Gang und der Tierarzt gab dem jungen Hund mir nichts dir nichts eine Spritze. Dieser schlief sehr schnell ein. Bob musste dem Tierarzt helfen, den jungen Hund in den Raum zu tragen, wo er operiert wurde. Pina staunte nicht schlecht. Auch die Hündin war noch dabei. Also mussten sie jetzt gehen. Er würde sie dann anrufen, wenn er den Hund kastriert hätte. Das tat er dann auch. Der Hund würde noch schlafen. Also kam die Hündin an die Reihe. Bei ihr konnten sie sich noch verabschieden und sie beruhigen. Dann auch hier: Pina und Bob verließen diese schmuddelige Tierarztpraxis und warteten wiederum auf den Anruf.

Endlich durften sie zu den beiden Hunden. Es war ein sehr erschreckender Anblick. Pina entdeckte neben den Räumen, die sie zuvor gesehen hatte, ein weiteres Zimmer. Da niemand vom Personal anwesend war, obwohl sie gerufen hatte, ging sie in dieses Zimmer, gefolgt von Bob. Das durfte doch wohl nicht wahr sein. Pina entdeckte ihr Hundebaby. Der junge Hund war in einem Käfig eingesperrt und winselte vor Aufregung und Angst. Er war wach, doch seine kleine Schwester lag immer noch in der Narkose nebenan in einem anderen Käfig. Im Raum selbst stolzierten sicher etwa 12 Katzen umher. Wie musste das für diesen kleinen Hund sein? Er erwachte an einem Ort, der ihm fremd war, war in einem Käfig eingesperrt und seine kleine Schwester gab keine Antwort. Sein Herrchen und sein Frauchen waren ebenfalls nicht anwesend. Narkotisiert wurde er ja auf dem Flur, so mir nichts dir nichts, als Pina und Bob noch bei ihm waren. Und dann auch noch all diese Katzen, die einfach so vor ihm herumliefen. Pina sah sofort, dass dieser kleine Hund eine enorme Angst hatte und litt. Sofort befreite sie ihn aus dem Käfig. Er freute sich unbändig. Pina und Bob mussten noch eine Weile auf das Erwachen der Hündin warten. Endlich kam auch jemand vom Personal. Wahrscheinlich war das auch die einzige Angestellte. Sie bat Pina und Bob zusammen mit beiden Hunden in einen Nebenraum. Dort konnte Pina die Rechnung bezahlen. Die Frau setzte sich an einen unordentlichen und überfüllten Tisch. Es lagen dort neben Papierstapeln auch blutige Tupfer und gebrauchte Spritzen herum. Eine Katze, die über den ganzen Tisch stolzierte, wurde vom Tierarzt, der dazugestoßen war, heruntergeschubst.

Pina und Bob waren froh, als sie mit ihren beiden Hundebabys wieder auf der Straße standen. Sie waren sich einig, dass sie das erste und letzte Mal mit ihren Tieren dort gewesen waren.

Erlöst, aber mit einem eigenartigen Nachgeschmack fuhren sie nach Hause.

Bis zu diesem Zeitpunkt konnten Pina und Bob ohne Weiteres das Grundstück verlassen. Die beiden Hunde blieben problemlos allein zu Hause. Doch von da an funktionierte das nicht mehr.

Der kleine Hund hatte von da an Verlustängste. Sie konnten ihn nicht mehr im Freien allein zu Hause lassen. Bob führte jedes Mal beide Hunde, wenn sie fortfuhren, ins Gehege, dass er ihnen um die Hundehütte gebaut hatte. Der kleine Hund versuchte aber jedes Mal dort auszubrechen.

Er schaffte es auch immer wieder. Er wollte nicht mehr eingesperrt sein. Auch lief er sofort dem Auto nach, sobald die beiden losfuhren.

Es war von da an immer wieder sehr schwierig, diesen kleinen Hund im Gehege zu lassen.

Einmal waren Pina und Bob in ein anderes Dorf gefahren, da bekamen sie von einem Freund einen Anruf. „I cani, i cani", rief er ins Telefon. „Die Hunde, die Hunde."

Er fuhr mit seinem Pick-up die Hauptstraße entlang. Jedes Auto, das ihm entgegenfuhr, gab Lichtsignale. Er fuhr also langsamer, denn da musste ja etwas sein. Tatsächlich, auf der Hauptstraße liefen die beiden kleinen Hunde von Pina und Bob verwirrt umher. Die beiden waren ausgerissen. Das bedeutete, der Kleine schaffte es, das Gehege zu öffnen und die Schwester folgte ihm natürlich. Dieser Freund war kein Hundeliebhaber. Pina aber konnte ihn am Handy überzeugen, dass er die beiden mitnehmen sollte. Zuerst wollten sie nicht hinten auf den Pick-up springen. Er schaffte es aber, die beiden vorne auf den Beifahrersitz zu bugsieren. Beide Hunde waren sehr erschöpft. Pina und Bob fuhren in der Zwischenzeit auf dem schnellsten Weg zurück.

Sofort fuhren sie zu ihrem Freund. In der Hitze des Gefechts wussten sie noch nicht, ob die beiden angefahren worden oder ob sie in Ordnung waren. Dann endlich bei dem Freund angekommen, sahen sie die beiden Hunde. Wohlauf, aber todmüde. Ohne Worte stiegen sie sofort in Pina und Bobs Auto.

Pina und Bob waren überglücklich, dass die beiden gesund waren.

Von da an brauchte es sehr viel Geduld, bis die beiden, vor allem der Kleine, wieder allein zu Hause blieben.

Nun bekamen sie jedes Mal, wenn Pina und Bob das Anwesen verließen, einen Knochen zum Kauen. So waren sie abgelenkt und der Kleine riss nicht mehr aus.

Die beiden wuchsen heran und bereiteten Pina und Bob sehr viel Freude.

Doch eines Tages fiel Pina auf, dass der Rüde nichts mehr fraß und nur noch herumlag. Pina rief die Tierärztin an, die ihr eine Freundin empfohlen hatte. Denn in die schmuddelige Tierarztpraxis wollten sie definitiv nicht mehr gehen. Die Tierärztin war am Telefon sehr nett. Sie bekamen auch sofort einen Termin. Die Tierarztpraxis war sauber und ordentlich. Die Tierärztin untersuchte den Hund und stellte fest, dass er einen Virus hatte. Diesen Virus können die Hunde von Pferdeäpfeln oder Wildschweinkot bekommen, wenn sie davon fressen. Leider ist das so. Pferde gibt es auf dem Anwesen nicht, aber eine Unmenge von Wildschweinen. Der Hund musste bei der Tierärztin bleiben. Er bekam eine Infusion und musste wieder in einen Käfig. Er winselte sehr laut und wollte nicht dortbleiben. Pina zog sich ihre Jacke aus und legte sie mit in den Käfig. So konnte er wenigstens daran riechen und sich ein bisschen beruhigen. Pina fuhr zusammen mit der Hündin nach Hause. Nach zwei Tagen durften sie den kleinen Hund besuchen. Er freute sich riesig. Wieder winselte er sehr laut. Die beiden durften ihn kurz an die Leine nehmen und einen kleinen Spaziergang machen.

Zum Essen gab ihm die Tierärztin Babynahrung. Das liebte er sehr. Der Kleine musste eine weitere Nacht dortbleiben.

Nun fraß auch die Hündin nicht mehr. Pina und Bob dachten, sie hätte Sehnsucht nach ihrem Bruder. Endlich durfte dieser nach Hause und hatte diesen Virus überstanden. Die beiden Hundebabys begrüßten sich voller Freude. Doch die Hündin wollte nicht spielen und erbrach sich. Sie lag nur müde herum.

So rief Pina erneut die Tierärztin an. Das Prozedere wiederholte sich nun mit der Hündin. Auch sie musste in der Tierarztpraxis bleiben und bekam eine Infusion.

In der Zwischenzeit musste der Rüde immer noch Antibiotika schlucken. Er spielte und vermisste seine Schwester, das merkte man ihm deutlich an. Am anderen Tag gingen sie die Hündin besuchen. Sie war immer noch müde und fraß noch nichts. Sie freute sich aber sehr, die beiden zu sehen. Auch mit ihr durften sie einen kleinen Spaziergang machen. Dann, nach einer Woche, durfte auch die Hündin endlich wieder nach Hause. Sie hatte etwas länger dortbleiben müssen als ihr Bruder. Aber auch sie hatte dieses Virus besiegt.

Die beiden wuchsen heran und waren gute Wächter auf dem Anwesen.

Coldiretti

Der Mistral blies wie schon lange nicht mehr. Die Außenarbeiten waren leider immer noch nicht beendet. Der Boden in den Wohnungen war noch zu verlegen und die Duschwände mussten ebenfalls noch montiert werden.

Ebenfalls fehlten noch die Außentüren für die Schränke der Waschmaschinen und einiges mehr. Wenigstens hatten sich die neuen und selber gesetzten Pflanzen erholt.

Der erste Steuerberater hatte Bedenken geäußert, ebenfalls die Anwälte. Doch die beiden waren ja bereits mehrere Male bei Coldiretti gewesen, um die offizielle Bewilligung zum Anbau von Kräutern zu bekommen. Immer und immer wieder gingen sie zu dieser Stelle. Auch die Bewirtschaftung des Landes war in vollem Gange. Bob tat alles, damit diese Bewilligung unterzeichnet werden konnte.

Der erste Besuch bei Coldiretti hatte es in sich. Pina bekam die Adresse von einem sardischen Freund.

Sie wollten ihr Projekt bei Coldiretti eintragen lassen. Damals hatten Pina und Bob bereits Safran pflanzen, ernten und verkaufen können.

Also tippte Pina bei Google Maps die Adresse ein. Sie fuhren eine Dreiviertelstunde in einen anderen Ort und suchten dieses Büro. Die Adresse musste stimmen. Doch als Pina und Bob diese Adresse endlich fanden, prangte ein großes Schild vorne an der Gittertür: Vendesi(zu verkaufen). Es war ein großes, schönes Steinhaus mit einem überwucherten Garten drum herum. Das war eigenartig, dieses Haus war zum Verkauf ausgeschrieben, obwohl es die offizielle Adresse von Coldiretti war. Bob schaffte es, eine Lücke zu finden. Sie gingen durch den zugewucherten Garten und schauten durch die

Fenster. Tatsächlich waren alle Räume leer und niemand war in diesen Räumen zu sehen. Sie liefen zurück auf die Straße und fragten eine Passantin, warum denn das Haus leer sei und wo sich denn nun Coldiretti befinde. Diese nette mittelalterliche Sardin zeigte in eine Richtung und voller Überzeugung nannte sie den beiden einen Namen. Sie sollten doch dorthin gehen. Also machten sie sich auf den Weg durch die Altstadt. Als sie an diesem Ort eintrafen, waren sie natürlich nicht am richtigen Ort. Wieder fragten sie nach, wo denn Coldiretti zu finden sei. Eine weitere Person erklärte ihnen den genauen Weg. Dieses Mal führte der Weg zurück an eine andere Adresse. Auch da gehorchten Pina und Bob und liefen das ganze Stück wieder zurück. Doch wieder nichts. Sie waren wieder am selben Ort angekommen, standen aber auf der anderen Seite vor einem anderen Haus. Weit und breit war kein Schild zu sehen, das den Namen Coldiretti trug.

Dann hatte Pina die Idee, bei der Polizei nachzufragen. Das Polizeirevier befand sich unweit von ihrem Standort. Sie gingen hinein und da stand ein junger, enthusiastischer Polizist. Der schien tatsächlich zu wissen, wo sich Coldiretti befand. Er begleitete Pina und Bob auf die Straße hinaus und lief mit ihnen sogar bis nach ganz vorne zur Kreuzung. Dann sagte er den beiden, dass sie nun ein Stück, ca. 50 Meter, nach oben gehen müssten. Dann sollten sie rechts abbiegen und dort würde sich dieses Büro mit vielen anderen Büros befinden. Voller Freude, das Ziel bald erreicht zu haben, bedankten sich die beiden bei dem jungen Polizisten und liefen wieder los.

Endlich angekommen, suchten sie dieses Büro. Der Namen Coldiretti fanden sie aber wieder auf keiner Tafel. Doch der junge Polizist hatte ihnen ganz klar und genau erklärt, wohin sie gehen sollten. Also fragten sie weiter. Eine Dame meinte, das wäre gleich da vorne, und sie müssten sich dort in die Reihe stellen. Pina und Bob taten, wie ihnen geheißen, und warteten, bis die sechs Menschen vor ihnen ihre

Angelegenheiten erledigt hatten. Pina hatte in der Zwischenzeit alle Papiere zur Hand, also müsste sie sie nur noch zeigen brauchen. Nach langem Anstehen war Pina endlich an der Reihe. Die junge Frau nahm die Papiere in die Hand und schüttelte nur den Kopf. „Hier sind Sie falsch. Coldiretti befindet sich viel weiter vorne, in der Mitte der Stadt."

Sie beschrieb das Haus und die Umgebung und gab Pina die Adresse, die sie auf einen Zettel geschrieben hatte, in die Hand.

Es waren inzwischen bereits drei Stunden vergangen. Doch Pina und Bob wollten unbedingt ihr Projekt abgeben, damit sie den Stempel bekommen würden. Die Beschreibung und die Umgebung passten genau zu dem Haus, wo sie zu Beginn waren. Auch die Adresse war genau die, die Pina bereits hatte.

Sie machten sich erneut auf den Weg und liefen wieder zum Ausgangspunkt. Dieses Mal gingen sie wieder in den zugewucherten Garten, suchten aber um das Haus herum alles ab. Bob fand ganz hinten eine kleine Steintreppe. Die beiden stiegen hinunter und sahen eine Menschenreihe von etwa acht Personen. Tatsächlich, das Büro von Coldiretti lag hier unten im Keller. In dem Haus, das oben leere Räume aufwies und zum Verkauf stand.

Irgendwie war es den beiden gar nicht nach Lachen zumute, denn sie hätten sich diese aufwendige Suche und den großen Fußmarsch durch die Stadt hin und zurück gern erspart.

Sie waren glücklich, dass sie ihr Ziel erreicht hatten. Pina stellte sich wieder in die Reihe. Das Projekt konnten sie dort abgeben. Es wurden alle Daten, alle Fotos von dem Safranfeld usw. aufgenommen.

Dann fing das Warten auf die Antwort an. Zu einem späteren Zeitpunkt erkannte ihr Geologe, dass diese Eintragung in diesem Dorf bei Coldiretti stattgefunden hatte. Dieser Eintrag war sehr wichtig für das weitere Vorgehen.

Die ersten Gäste

Die ersten Gäste, eine französische Familie, war eingetroffen. Es gefiel ihnen sehr, auch wenn erst zwei Wohnungen fertiggestellt waren und rund um das Anwesen auch noch viel zu tun war. Die darauffolgenden Jahre kam diese Familie immer wieder auf das Anwesen, um ihre Ferien zu verbringen. Es folgten mehr und mehr Stammgäste. Pina und Bob beherbergten viele Menschen aus verschiedenen Ländern. Die meisten waren sehr nett und freundlich.

Einmal geschah etwas weniger Schönes. Es hatten sich 12 Feriengäste angemeldet, die zwei Ferienwohnungen gemietet hatten. Als diese jungen Leute eintrafen, erklärte der Chef von der Gruppe, dass es zwei Leute mehr gäbe. Die Ferienwohnungen waren mit ihren etwa 68 qm sehr groß. Pina und Bob waren sich einig, dass sie für diese zusätzlichen Personen keine weiteren Gebühren erheben würden. Auch stellten sie diesen jungen Leuten noch zwei Trekkingbetten in den Raum. Also hatten alle 14 Personen einen Schlafplatz. Eines Morgens kam ein junger Mann und sagte, dass sie kein Wasser hätten. Bob erklärte ihm, dass es 20 Minuten dauern würde, bis das Wasser wieder floss. Es war ca. 10:30 Uhr. Die große Gruppe fuhr los an den nahen Strand, bevor das Wasser wieder da war.

Um ca.15:30 Uhr machte Pina die Runde um das Anwesen, um zu schauen, ob alles in Ordnung wäre. Da hörte sie bei den Wohnungen ein starkes Rauschen. Sie rief Bob. Sie gingen zusammen in die Wohnungen und sahen das Fiasko. Diese jungen Leute hatten am Morgen alle Wasserhähne aufgedreht. Da es kein Wasser gab, merkten sie nicht, dass sie die Wasserhähne nicht mehr zugedreht hatten. Für Pina und Bob war das eine Katastrophe. Es floss in zwei

Wohnungen von morgens 11 Uhr bis nachmittags Wasser in Strömen aus den Wasserhähnen. Alles in allem flossen sicher 10000 Liter Wasser ins Nichts hinaus. Sofort schlossen sie alle Wasserhähne. Es war so ärgerlich und frustrierend. Als diese jungen Leute zurückkamen, erklärte Bob den jungen Leuten mit verständlicherweise schroffer Stimme, dass das natürlich so nicht ginge. Wasser sei hier auf Sardinien wie Gold. Sie sollten doch mehr achtgeben. Eine junge Freu log Bob an. Sie sagte, dass sie unschuldig seien, denn sie wären am Mittag zu Hause gewesen. Bob wurde sehr laut ob dieser Frechheit.

Niemand außer Bob und Pina waren den ganzen Tag auf dem Anwesen.

Diese jungen Menschen waren sich ihrer Unachtsamkeit in keinster Weise bewusst. Sie gaben den beiden auf einer öffentlichen Plattform, wo sie ansonsten immer tolle Rezensionen bekamen, eine sehr schlechte Bewertung.

Doch das störte die beiden nicht. Denn alle anderen Rezensionen waren bis dahin immer sehr gut.

Es gab noch ein zweites Erlebnis mit Feriengästen, das ebenfalls einen negativen, aber irgendwie auch lustigen Eindruck hinterließ.

Es war eine Familie aus Uruguay, die auch zwei Wohnungen gemietet hatte. Wahrscheinlich waren das sehr reiche Leute. Der Vater war ursprünglich italienischer Abstammung. Ein Sohn, der in Europa lebte, hatte die Reise für das Familienfest organisiert. Die Kinder wollten den Vater in sein Heimatland Italien einladen. Diese große Familie war sehr nett und ordentlich. Sie kochten zusammen und es waren angenehme Leute. Als der Abschied nahte, fragte Pina noch, ob alles in Ordnung sei. Der junge Mann, der diese Reise für seine Familie organisiert hatte, bejahte. Sie fuhren ihre Autos in den Innenhof und packten ihre Sachen ein. Da die Familie immer sehr ordentlich war, musste Pina keine Kontrolle in den Wohnungen machen. So dachte sie zumindest. Die Familie fuhr weg, alle winkten zum Abschied und bedankten sich für die schöne Zeit auf dem Anwesen.

Dann ging Pina in die erste Wohnung. Sie traute ihren Augen nicht. Es war ein solches Durcheinander und ein solcher Schmutz, dass sie tatsächlich lachen musste. Sie war nicht einmal wütend. So etwas hatte sie noch nie gesehen. Zahlreiche Pizzakartons mit alten Resten drin lagen kreuz und quer in der Wohnung. Dazu viele leere Dosen, Essensreste usw. Pina erholte sich kurz von diesem Anblick und dachte, dass es in der Wohnung, in der die Eltern untergebracht waren, sicher nicht so schlimm aussehen würde. Also ging sie sich die zweite Wohnung anschauen. Diese Wohnung aber war noch in einem schlimmeren Zustand als die erste.

Die Reinigungstruppe musste erst mal alles sortieren, bevor sie mit den Putzarbeiten beginnen konnte. Am Schluss fehlten noch zwei Ventilatoren.

Von da an verlangten Pina und Bob wieder eine Kaution, wenn neue Gäste in die Wohnungen einzogen. Auch wurde von da an wieder alles kontrolliert, bevor die Gäste abreisten. Wenn alles in Ordnung war, bekamen die Leute ihre Kaution vollständig zurück. Falls etwas fehlte oder die Wohnung sehr schmutzig war, wurde ein Teil einbehalten. Das Erlebnis mit der Familie aus Uruguay war den beiden eine große Lehre. Nie hätten sie gedacht, dass diese nette, ordentlich geglaubte Familie einen solchen Schmutz und ein solches Durcheinander hinterlassen würde. Bob meinte, dass diese Leute sehr reich wären in ihrem Land. Sicher hätten sie zu Hause eine Handvoll Bedienstete, die ihnen alles hinterherräumen würden. Wenn sie wenigstens diese Angestellten mit in die Ferien nehmen würden, hätten alle etwas davon. Aber die wurden natürlich zu Hause gelassen.

Das waren nur zwei, aber sehr unangenehme Ereignisse in dieser Zeit. Alle anderen Gäste waren sehr angenehm und ordentlich. Freundliche und liebe Menschen aus vielen

Ländern, die sich ihre Ferien bei Pina und Bob in ihrem Agriturismo gönnten. Pina und Bob hatten sehr viel Freude an diesen Vermietungen. Sie lernten viele großartige Leute kennen.

Dorfpolizei

Eines Tages erhielten Pina und Bob wieder einmal einen Anruf von der Dorfpolizei. Pina sollte dorthin kommen. Da Pina schon ein bisschen Italienisch gelernt hatte, ging sie allein dorthin. Die beiden Polizistinnen sprachen auf sie ein. Natürlich sprachen die beiden Beamtinnen im Dialekt der Gallura. Diesen Dialekt versteht auch jemand, der gut Italienisch spricht, fast nicht. Wie sollte da Pina auch nur einen Hauch davon verstehen. Doch ab und an konnte Pina einige Wörter aufschnappen und sich die Sätze weiter zusammenreimen. Sie sagten ihr, dass sie unbedingt und sofort diese Formulare unterschreiben müsste.

Pina kam das ein wenig eigenartig vor. Sie wusste ja, wenn etwas sehr schnell gehen musste, sollte man doppelt vorsichtig sein. So rief sie noch in diesem Büro ihre Anwältin an. Die beiden Polizistinnen waren nicht begeistert über diesen Anruf.

Nach einiger Zeit verließ Pina das Polizeirevier – selbstverständlich ohne unterschrieben zu haben. Doch sie wusste jetzt, worum es ging.

Da die Ferienwohnungen von Pina bei einer Plattform registriert waren, um Gäste zu bekommen, wussten die Beamten ganz genau, wie viele Feriengäste über diese Plattform bereits auf dem Anwesen logiert hatten. Das war weiter nicht schlimm und auch legitim. Pina und Bob hatten ja nichts zu verbergen.

Doch der Hammer war, dass der ehemalige Geometer den beiden etwas verheimlichte.

Pina und Bob vereinbarten damals, den Kauf für die Liegenschaft abzuschließen, wenn die Bewilligung für den Bau der vier Ferienwohnungen vorhanden sei. Denn Pina wusste, dass man als Ausländer sehr lange auf so eine Bewilligung warten musste. Wenn man sie überhaupt bekam.

Auf jeden Fall war die Bewilligung für den Bau der Ferienwohnungen vorhanden. Der Geometer hatte die nötigen Papiere, die die Beamten von der Gemeinde unterzeichnet hatten. Also war der Bau der vier Ferienwohnungen, die Pina und Bob vermieten wollten, offiziell bewilligt. Damit konnte Pina ohne Zögern den Vertrag unterzeichnen. Pina kaufte dieses Anwesen in der Annahme, dass alles in Ordnung sei. Die Bewilligung zum Bau der Ferienwohnungen, die sie dann zu einem späteren Zeitpunkt vermieten wollten, war ja von der Gemeinde, sprich dem Bauamt, unterzeichnet. Aber der damalige Geometer hatte den beiden verschwiegen, dass der Verkäufer noch 1,5 ha Olivenbäume hätte setzen müssen. Der korrupte Mensch ließ den Verkäufer lediglich die Olivenbäumchen kaufen, damit er im Gremium diese Rechnung vorlegen konnte. So konnte die Bewilligung für den Bau unterschrieben werden. Die 1,5 ha Olivenbäume wurden aber nie gepflanzt.

Da hätte der Verkäufer das Land bestellen müssen. Die Arbeit mit der Bepflanzung hätte ihm auch Kosten verursacht.

Woher sollten Pina und Bob das wissen, wenn es ihnen nicht gesagt wurde und die Bewilligung für den Bau von allen unterschrieben war. Nirgends standen Olivenbäume. Niemand sagte ihnen etwas von diesem Projekt, das der Verkäufer hätte ausführen sollen. Also bekam Pina wieder eine Buße mehr von der Commune und die Vermietungen für die Ferienwohnungen mussten eingestellt werden. Es half nichts, sich bei diesen Leuten zu erklären. Die Kriterien waren nicht erfüllt, da nirgends auf dem Anwesen 1,5 ha Olivenbäume vom damaligen Verkäufer gesetzt wurden. Er hatte also Pina das Anwesen verkauft und wusste genau, dass er diese Bäume hätte pflanzen müssen.

Die Dorfpolizistin erklärte noch, dass sie die Wohnungen privat vermieten dürften, das ginge sie nichts an. Sie dürften aber nicht über die Öffentlichkeit zur Vermietung angeboten werden.

Das war nicht der Plan. Dennoch schloss Pina die von ihr eingerichteten Plattformen sofort. Das hieß, dass es erst mal keine Buchungen von Feriengästen und keine Einnahmen gab, die sie dringend gebraucht hätten.

Wieder keine Einnahmen, Buße bezahlen und dieser Geschichte nachgehen. Das war alles sehr schwierig und nervenaufreibend. Sie überlegten wieder, wie es weitergehen sollte. Denn Pina und Bob waren ja hier die Ausländer. Jedes Mal, wenn es eine neue Schikane gab, wurde das auf die Sprache geschoben. Sie hätten es gesagt, aber die haben es nicht verstanden. Ja, so einfach war das. Wie sollte man in Italien als Ausländer den Durchblick bekommen, wenn die Italiener ihn selbst nicht hatten. Die Gesetze änderten sich andauernd und immer wieder. Jede Gemeinde konnte selbst agieren.

Bob beschäftigte sich lieber mit seinem Gartenbau. In der Zwischenzeit hatte er einen richtigen Granitfelsenpark geschaffen. Er fühlte sich in seinem Wald zwischen den Bäumen viel wohler, als dass er sich über solche Gemeinheiten ärgern wollte.

Zusammen mit ihren Anwälten und dem Geologen suchten die beiden eine Lösung.

Bob schuf sich immer mehr schöne Plätze. Er befreite Baum für Baum von den Schlingpflanzen, die den Bäumen den Atem raubten. Mit der Motorsäge rückte er den dicken Wurzeln zu Leibe und arbeitete sehr viel und liebend gern im kleinen Wald. Dort fand er dann auch zu einem viel späteren Zeitpunkt diese vielen, schwarzen Plastiktöpfe, gefüllt mit trockener Erde und kleinen Olivenbäumchen, die leblos und starr in diesen Töpfen verdorrt dastanden.

Ihm war sofort klar, warum diese dort verborgen in den Büschen lagen. Das Projekt mit den Olivenbäumen wurde vom damaligen Geometer selbst mit dem Namen vom Verkäufer auf der Commune eingegeben. Dieses Projekt brauchte der Verkäufer ja, wie schon erwähnt, um die Liegenschaft zu verkaufen. Damals dachte dieser Geometer, dass er mit diesem Auftrag, den ihm die Schweizer sicher geben würden, viel Geld generieren könnte. Nicht nur der Verkäufer wollte verkaufen, nein auch der korrupte Mensch wollte unbedingt den Job als Geometer bei den beiden Schweizern ergattern.

So konnte der korrupte Mensch der Commune die Rechnung von den gekauften Bäumchen vorlegen und dem Verkauf stand nichts mehr im Wege. Der damalige Verkäufer bekam die Bewilligung für den Bau von bis zu vier Ferienwohnungen.

Pina und Bob waren damals voller Vertrauen und Freude, dass der korrupte Mensch ihnen den Kauf ermöglichte.

Doch der Verkäufer dachte nie daran, diese Bäume zu setzen. Warum auch immer. Er wusste ja, dass niemand das prüfen würde. Der korrupte Mensch ist ja sein Freund und die Ausländer gingen ihn nach dem Verkauf sowieso nichts mehr an. Bob tat das Herz weh ob dieser Machenschaften. Er fragte sich, warum diese Leute diese Bäumchen nicht einfach verschenkt hatten. Jemandem, der Freude daran gehabt hätte. Oder jemandem, der solche Olivenbäume gebraucht hätte. Nein, sie warfen diese Bäume achtlos ins Dickicht, wo man sie nie mehr finden sollte. Sie ließen diese jungen, frischen Bäumchen einfach verschwinden und verdorren. Niemals hatte einer dieser Leute daran gedacht, dass dieser Schweizer so viel Arbeit auf sich nehmen würde, um eine wunderschöne Umgebung zu gestalten. Da gehörte auch dazu, dass das Dickicht geschnitten, die Wurzeln weggesägt werden mussten und vieles mehr.

Zum Glück hatten Pina und Bob viele Freunde auf Sardinien, die nicht solche Erfahrungen machen mussten, wenn teilweise auch andere. Ihr Anwalt und die Anwältin schauten sich wissend an (beide kannten den korrupten Menschen aus dieser Gemeinde), als Bob ihnen diese Geschichte erzählte. Sie sagten zu Pina und Bob, dass das auf keinen Fall so sei, dass Leute, die eine solche Funktion innehaben, integer sein müssen.

Also machten sich die beiden wieder an die Arbeit. Würden sie je die Bewilligung für die offizielle Vermietung wiederbekommen?

Laore

Die Zeit von Corona war beendet und auch Pina und Bob fast
über dem Berg. Zumindest dachten sie das. Die vielen Bürogänge und der unendliche Papierkram nahmen kein Ende. Wie
viele Schreiben Pina in der Zwischenzeit von irgendwelchen
Ämtern in ihren Ordnern abgelegt hatte, wusste sie nicht
mehr zu sagen. Auf jeden Fall waren es unzählige. Pina und
Bob warteten immer noch auf die Bestätigung und die Bewilligung für die offizielle Vermietung der Ferienwohnungen. So
viele Male hatten sie schon geglaubt, sie hätten die Anforderungen erfüllt. Immer wieder fand die Gemeinde einen Einwand, um Pina und Bob diese Bewilligung nicht zu erteilen.

Pina und Bob beschlossen, einen Geologen aus der über-
geordneten Stadt zu engagieren. Sie bekamen von einem sardischen Freund eine großartige Adresse. Dieser Geologe, der
auch eine Professur hatte, sah sich das ganze Anwesen an und
ging an die Arbeit. Alles wurde akribisch genau geplant, gezeichnet, fotografiert und aufgeschrieben. Jeder Millimeter
Land wurde klar deklariert. Alle Pflanzen, Büsche, Bäume, die
Pina und Bob in der Zwischenzeit gepflanzt hatten, wurden
in das Projekt aufgenommen. Alle Vorschriften waren schon
lange erfüllt. In der Zwischenzeit fand man auf dem Anwesen auch Olivenbäume. Dieser Geologe wusste ganz genau,
was er zu tun hatte. Mit der Drohne wurde alles gefilmt und
fotografiert. Es gab ein dickes Dossier und alles war wirklich
einwandfrei. Pina und Bob waren überglücklich, dass sie diesen großartigen Geologen an ihrer Seite hatten.

Der Geologe reichte alles auf dem zuständigen Amt ein.
Nicht in der kleinen Gemeinde, nein in der großen Stadt, in
der sich der Hauptsitz befand. Pina, Bob und der Geologe

wussten, nun konnte niemand mehr irgendeinen gemeinen Einwand finden oder irgendein „erfundenes Gesetz" festlegen.

Auch die Drohnenaufnahmen von dem ganzen Anwesen, das von Bob und Pina bewirtschaftet wurde, lagen vor.

Das Warten lohnte sich. Es kam ein Anruf von Laore, der zuständigen Stelle. Sie wollten das Anwesen begutachten kommen. Bob war so erleichtert, denn er hatte zuvor noch ein großes Kartoffelfeld angelegt, damit auch mehr als genug Fläche bewirtschaftet war. Dieses Feld lag genau hinter der Einfahrt auf der linken Seite. Gepflegte Stauden schauten bereits heraus. Bob hatte dieses Kartoffelfeld wieder allein bestellt, ohne Maschinen, alles von Hand. Weiter hinten, auf der rechten Seite, hatte Bob seine Werkstatt, schön geordnet und ebenfalls sichtbar für jeden Besucher. Man sah hier gleich, da wird gearbeitet. Alle Maschinen und Werkzeuge, die Bob brauchte, hatte er schnell zur Hand. Natürlich freute sich Bob und sagte dem Herrn am Telefon, dass er sofort kommen könne und er sich freuen würde. Dieser gab zu verstehen, dass Pina noch eine Bestätigungs-E-Mail senden sollte.

Also wartete Pina auf das Schreiben von Laore.

Diese E-Mail mit den genauen Daten kam tatsächlich postwendend bei Pina an.

In dieser E-Mail bestätigte Pina den Besuchstermin und schrieb dazu, dass diese Leute auf ihrem Anwesen herzlich willkommen seien. Sie freue sich auf den Besuch und die Begutachtung. Endlich war es so weit. Es kamen zwei Männer, einer aus der großen Stadt und einer aus dem kleinen Ort unweit von dem Dorf, in dem Pina und Bob lebten.

Würden sie nun endlich, nach jahrelanger Arbeit und großem Durchhaltewillen, diesen lang ersehnten Stempel bekommen? Die Bewilligung für ihr Agriturismo. Die Kräuterbäuerin wollte doch endlich loslegen, zusammen mit Bob. Ruhe kehrte ein.

Die Autorin

Mirella Kennel Giacomini wurde 1960 in der
Schweiz geboren und wuchs dort auf. Fünf-
undzwanzig Jahre lang war sie mit einem Arzt
verheiratet und zog zwei Söhne groß. Darüber
hinaus sammelte sie über zehn Jahre Arbeits-
erfahrung als Therapeutin. Sie spezialisierte sich
auf Hypnotherapie, autogenes mentales Training
und Gesundheitsmassagen. Seit 2019 lebt sie mit
ihrem Lebenspartner auf Sardinien, wo sie sich mit
Agriturismo (Land-/Bauernhoftourismus) beschäftigt und Ferienwohnungen vermietet. Schreiben ist
für sie ein Hobby. Dies ist bereits der 2. Band ihrer
Reihe „Pina La Straniera".

Der Verlag

*Wer aufhört
besser zu werden,
hat aufgehört
gut zu sein!*

Basierend auf diesem Motto ist es dem novum Verlag
ein Anliegen, neue Manuskripte aufzuspüren, zu ver-
öffentlichen und deren Autoren langfristig zu fördern.
Mittlerweile gilt der 1997 gegründete und mehrfach
prämierte Verlag als Spezialist für Neuautoren in
Deutschland, Österreich und der Schweiz.

**Für jedes neue Manuskript wird innerhalb we-
niger Wochen eine kostenfreie, unverbindliche
Lektorats-Prüfung erstellt.**

Weitere Informationen zum Verlag und
seinen Büchern finden Sie im Internet unter:

w w w . n o v u m v e r l a g . c o m